2
櫻井みこと
ill. 黒裄
婚約者が浮気相手と駆け落ちしました。
王子殿下に溺愛されて幸せなので、
今さら戻りたいと言われても困ります。
JN120422

「そうだね。もちろんジャナキ王国の植物や
冷害の現状を調べに行くというのは本当だが、
もしアメリアが同行しないのであれば、
研究者に詳しいデータを頼むだけだったかもしれない」
サルジュ
ビーダイド王国の
第四王子

「ジャナキ王国への訪問に、サルジュ様も一緒で心強いです。初めての公務で少し不安でしたが、長い間離れるよりはずっと良いですから」
アメリア・レニア
田舎の領地の伯爵令嬢であるが、サルジュの婚約者

「ふふ、もう義姉《あね》と呼んでもいいのよ」
ソフィア
王太子アレクシスの妻
「アメリア様。ジャナキ王国の男性には気を付けてくださいね」
リリアーネ・アリータ
アメリアの護衛騎士

アロイス
クロエ王女殿下の恋人
クロエ
ジャナキ王国の第五王女
「ああ、クロエ。やっと見つけた。こんなところにいたんだね」
「……アロイス」

「帝国に必要なのは、
土魔法よりも水魔法だ。

だからアメリアを連れ去ろうと
したのかもしれない」

サルジュがアメリアの手を握る。

そのまま抱き寄せられて、素直に身を任せた。

「アメリアは、誰にも渡さない」

「サルジュ様……」

CONTENTS

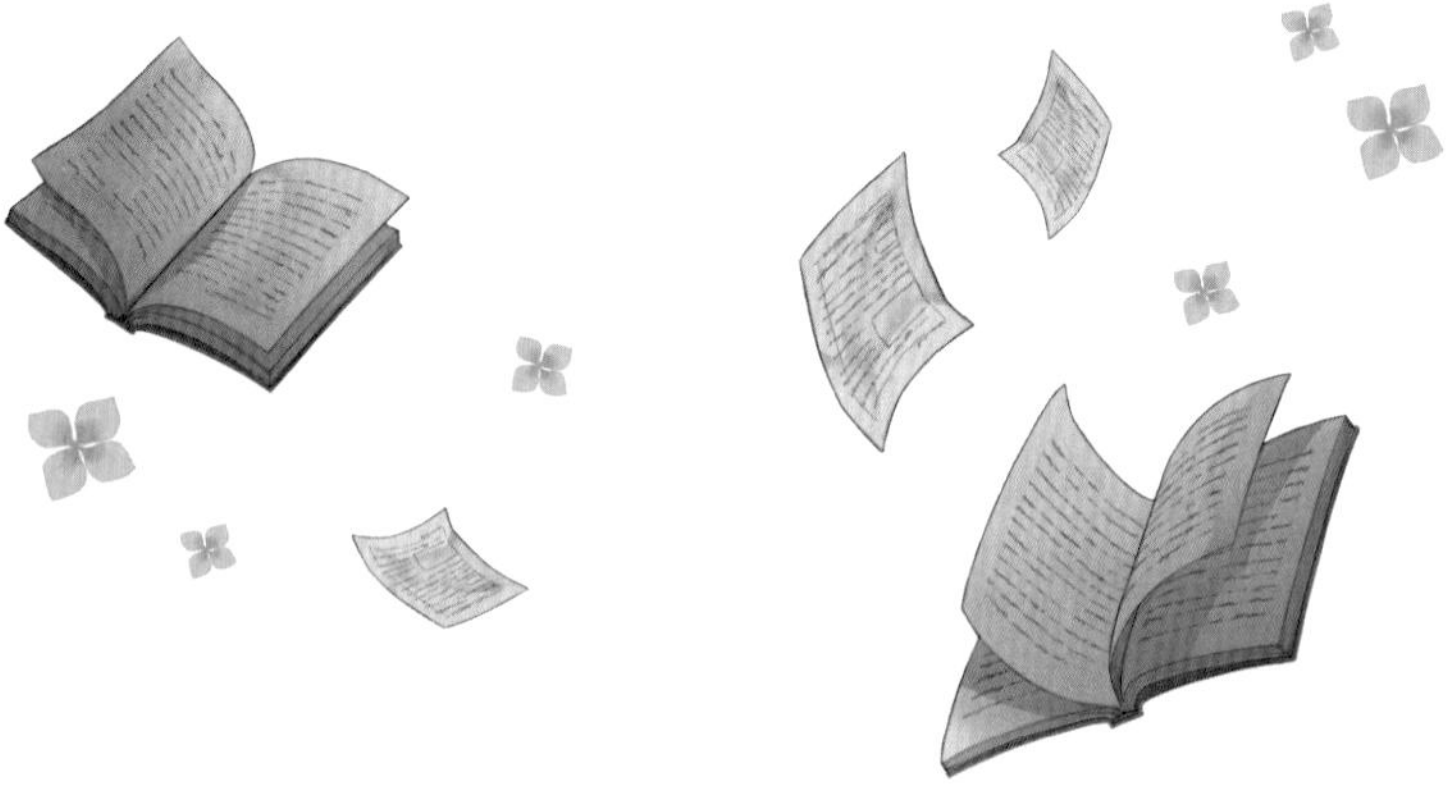

婚約者が浮気相手と駆け落ちしました。

王子殿下に溺愛されて幸せなので、今さら戻りたいと言われても困ります。

2

櫻井みこと

ill. 黒裄

konyakusya ga uwaki aite to kakeochi shimashita.
oji denka ni deiai sarete shiawase nanode
imasara modoritai to iwaretemo komari masu

第一章　二度目の春

花の香りが漂ってきた。

学園の裏庭にあった花の蕾《つぼみ》が咲いたのだろう。

王都で過ごす、二度目の春が来た。

アメリアは馬車から降りると立ち止まり、王立魔法学園の校舎を見上げる。ふわりと優しく吹いた風が、アメリアの黒髪を揺らした。

その風も、すっかり暖かい。

この学園に通うために、生まれ育った領地を出てから、もう一年が経過している。あれからたくさんのことがあり、自分の人生は大きく変わったと、アメリアは静かに過去を思い出していた。

去年の今頃はまだ、長年の婚約者だったリースを信じていた。

彼と結婚して、いずれは父のあとにレニア伯爵家と領地を継ぐことになる。その未来を疑ったことなど、一度もなかった。

けれど一歳年上のリースはアメリアより先に学園に入り、その一年ですっかり変わってしまっていた。

アメリアと婚約しているにもかかわらず他の女性と懇意になり、さらにアメリアがいない間に不利になる噂《うわさ》を流して、翌年入学した学園でアメリアを孤立させたのだ。

もしサルジュと出会わなければ、すべてリースの思い通りになっていたかもしれない。

あれから一年。

リースはアメリアだけでなくこのビーダイド王国までも裏切り、ベルツ帝国に通じた罪で投獄されている。彼の生家のサーマ侯爵家は爵位を返上し、彼の両親と兄は行方をくらませていた。

噂によると、今は他国で静かに暮らしているらしい。

リースのことを思うとまだ複雑な心境になるが、あのままリースと結婚していたら家族になっていたはずの彼らが、せめて他国で平穏に暮らせることを祈っている。

そしてアメリアは正式に、あのときに手を差し伸べてくれた第四王子であるサルジュの婚約者となった。

王太子アレクシスと同じく正妃の子である彼は、アメリアと結婚しても王族のままで、将来は国王となる兄を王弟として支えていくだろう。

だからアメリアはいずれ、王家に嫁ぐことになる。

そのための勉強や警護のこともあり、学園寮で暮らしていたアメリアは、サルジュと婚約してからはずっと王城で暮らしていた。

アメリアがリースと継ぐはずだったレニア伯爵家は、従弟のソルが後継者となった。一歳年下の彼は、この春に王立魔法学園に入学している。王都での生活が落ち着けば、今度は彼の婚約者も公表されるだろう。

ソルの婚約者になるのは、サルジュの護衛騎士であるカイドの妹のミィーナである。

彼女は希少な土属性の魔導師で、本人は王都よりも自然豊かな地方で暮らすことを望んでいた。

この婚約を整えてくれたのはサルジュだが、ミィーナ自身の希望でもある。

そんなミィーナは何度もレニア領地に遊びに来てくれているので、アメリアともすでに友人である。

ソルとの仲も良好のようだ。

きっとあのふたりならば、今以上にレニア領地を発展させてくれることだろう。

「アメリア？」

ふと名前を呼ばれて我に返る。

先に馬車を降りていたサルジュが、振り返ってアメリアを見つめていた。

美貌で評判の王妃によく似た美しい顔立ちに、煌《きら》めく金色の髪。鮮やかな緑色の瞳に宿る色はとても優しくて、彼が自分の婚約者だという事実に、まだ少し戸惑っている。

「どうした？」

「……あれからもうすぐ一年だと、色々なことを思い出していました」

そう答えると、サルジュも過去を思い出すように目を細める。

「そうか。もう一年か」

この春、サルジュは魔法学園の三年生になり、アメリアも二年生になっていた。けれどふたりは去年、特設された特Aクラスに進学しており、普通の授業には参加していない。

毎日、学園に隣接している王立魔法研究所に通っていた。

その研究所の所長になったのが、サルジュの兄であり、第三王子であるユリウスである。

サルジュよりも一歳年上のユリウスは、もう学園を卒業している。

けれど彼は、王立魔法学園の所長としてそのまま在籍しているので、去年と同じように研究所で会うことができる。

彼の婚約者であるマリーエは、サルジュと同じ三年生だ。

いずれ義姉《あね》になるマリーエは大切な友人なので、今までと変わらない日常を過ごせることが嬉《うれ》しかった。

長年アメリアと婚約していたリースもふたりと同学年だったが、あの事件で退学になり、魔法を封じられてしまった。彼の浮気相手であったセイラも同じである。

去年のことを思い出すと、まだ少し胸が痛む。

でも穏やかで優しいこの日常が、いずれ忘れさせてくれるだろう。

学園の隣にある研究所の前では、サルジュとアメリアの護衛騎士がふたりの到着を待っていた。

サルジュにはカイドという騎士がいて、アメリアには、そのカイドの婚約者であるリリアーネという女性騎士が警護してくれている。

王族の婚約者であり、リースのせいでベルツ帝国に狙われる可能性があるということで、学園内ではアメリアにも常に護衛がつくことになったのだ。

ただの地方貴族であった自分が、まさか学園内で護衛騎士を連れて歩くことになるなんて思わなかった。

けれどリリアーネは女騎士とは思えないほど穏やかで優しく、ドレス姿だと深窓の令嬢にしか見えない。だから傍《そば》にいても威圧感もなく、自然体でいることができた。

それでも騎士としての腕はたしかで、しかもつい魔法の研究に熱中しがちなアメリアをやんわりと止めてくれる唯一の存在である。

だから彼女が傍にいてくれるようになってから、昼食の時間を忘れたことは一度もなかった。

「研究も大切ですが、もっとご自身も大切にしてくださいね。徹夜を続けては、お肌によくありませんよ」

そう言って、肌に良いというお茶を淹《い》れてくれたこともあった。

去年の冬にはマリーエやミィーナと一緒にアメリアの里帰りにも同行してくれて、皆ともすっかり仲良くなっている。

（もし姉がいたら、こんな感じなのかしら？）

優しいリリアーネに見守られて、今のところ穏やかで充実した日々を送ることができている。

サルジュは学園に到着するとすぐに、護衛騎士のカイドを連れて、研究所ではなく王立魔法学園の図書室に向かっていた。

最近の彼は穀物のさらなる品種改良に熱中していて、こうしてアメリアと別行動になることも多い。

アメリアの方も、ひとりになると研究所で自分の研究に没頭していた。

去年、アメリアが開発した魔法水はまだデータ不足で、どんな副作用があるかわからない。今はひたすらデータを集め、もし不都合があった場合にはすぐに対応しなくてはならない。

研究所に到着すると、先にマリーエが来ていた。

「おはよう、アメリア」

彼女はそう言って微笑《ほほえ》む。

サルジュと正式に婚約したとき、マリーエはいずれ義姉妹《しまい》になるのだから、お互いに名前で呼ぼうと言ってくれた。

それからアメリアもひとつ年下であるが、彼女のことはマリーエと呼んでいる。

「おはよう。今日はユリウス様と一緒ではないの？」

何気なく尋ねると、マリーエは何だか不安そうな顔で頷《うなず》いた。

彼女がそんな顔をするなんて珍しい。

傍に寄って、そっと手を握った。

「何かあったの？」

そう尋ねると、マリーエは深いため息をついたあと、笑みを浮かべた。

「たいしたことではないの。ただ、少し心配事があって」

「どんな？」

打ち明けてほしいと促すと、マリーエは戸惑いながらも話してくれた。

「ユリウス様はこの魔法研究所の所長だけれど、学園を卒業されてから公務でお忙しいでしょう？」

そう言われて、アメリアも頷く。

「そうね。とてもお忙しそうだわ」

マリーエよりも一歳年上のユリウスは、今年の春に王立魔法学園を卒業している。

それでも学園に隣接している魔法研究所の所長に就任していることもあり、以前とそう変わらない頻度で学園に通うことになる。

だが学園を卒業したユリウスには、王族としての公務もある。だから最近は朝だけとか、夕方になってから顔を出すとか、そんなことが多かった。

「それで、わたくしがユリウス様の補佐をすることになったの。でも、何の肩書もなく補佐をするわけにはいかないと、魔法研究所の副所長になることになって……。でもわたくしはアメリアのように、特別な知識も才能もないわ。それなのに副所長だなんて、荷が重くて」

マリーエが不安に思っているのは、そのことらしい。

「大丈夫よ」

アメリアはその手を握ったまま、そう言って微笑む。

「マリーエならきっと上手《うま》くできるわ。人の上に立つために必要なのは、知識ではないもの。サルジュ様よりもユリウス殿下の方が所長に向いているのが、その証拠よ」

「ユリウス様は特別よ。人を従える魅力があるもの。わたくしにそれがあるとは思えないわ」

そんなことはないと、アメリアはマリーエを安心させるように言った。

「マリーエは孤立していた私を、他の人たちのように差別したりしなかった。きちんと話を聞いて、リースが悪いと言ってくれたわ。それにどれだけ救われたか、わからないでしょう?」

あの日々のことを思い出すと、今でも少し胸が痛む。

けれど、それだけ味方になってくれた人たちの存在は心強いものだった。

「だからマリーエなら、ユリウス様の代わりが務まるわ。公平で優しい。……それに、見た目もなかなか迫力があるから」

「……最後だけは聞かなかったことにするわ。でも、そうね。もう決まったことだもの。不安になるよりも、前向きに頑張ることにする。アメリア、ありがとう」

「いいえ、どういたしまして」

ふたりで微笑み合い、今日もそれぞれの研究に取り組む。

午後になると、ユリウスが研究所にやってきた。

「マリーエ、アメリア。少し話がある。手が空いたら、所長室の方に来てほしい」

そう言われて、慌てて資料を片付けてから、マリーエとともにユリウスの待つ所長室に向かった。

手が空いてからで良いと言われたが、ユリウスは忙しい身だ。待たせるわけにはいかない。

「ああ、急《せ》かしてしまったようですまないね」

慌ててやってきたマリーエとアメリアに、ユリウスは柔らかく笑って着席を促す。

「実は、エスト兄上の代理でジャナキ王国に向かうことになってね」

サルジュとユリウスの兄であるエストは、あまり体が丈夫ではない。だから学園を卒業して公務に励むようになったユリウスが、その代理を務めることになったようだ。

「……ジャナキ王国に、ですか？」

「そう。外交と、我が国に留学する予定のクロエ王女の迎えにね」

「ええと。たしかクロエ王女殿下は、エスト様の……」

ジャナキ王国の第四王女のクロエは、ユリウスとサルジュの兄であるエストの婚約者である。彼女は正式に結婚する前に、ビーダイド王国の習慣や気候などに慣れるために、王立魔法学園に留学することになったようだ。

このビーダイド王国には王子が四人いて、王太子のアレクシスとサルジュが正妃の子であり、第二王子エストと第三王子のユリウスが側妃の子である。

けれど正妃と側妃は従姉妹《いとこ》同士であり、四人の王子たちもとても仲が良い。

そんな王子たちは四人とも希少な光属性である。そのため、他国からもかなり注目される存在だった。

ジャナキ王国は、この国とはかなり離れている。

大陸の最北にこのビーダイド王国があり、その南には鉱山の多いニイダ王国、酪農の盛んなソリナ王国が並んでいる。そのふたつの国の向こう側にあるのが、ジャナキ王国である。

そこは国土のほとんどが農地であり、ビーダイド王国が冷害によって困窮したときは、かなり食糧を輸入していた国だった。

「ジャナキ王国は、昔から農業が盛んな国だ。そこで視察や技術交換のための使節団が派遣されることになった。マリーエには、王立魔法研究所の副所長として同行してもらいたい」

ユリウスの言葉に、マリーエは一瞬だけ不安そうな顔をした。

副所長として初めての仕事が、まさかの他国への使節団だとは思わなかったのだろう。

けれど先ほどのアメリアとの会話を思い出したのか、背筋を伸ばしてしっかりと頷いた。

「……はい。承知いたしました」

その返答にユリウスは満足そうに頷き、それからアメリアを見た。

「アメリアには、クロエ王女のサポート役として一緒に行ってもらいたい。サルジュの婚約者としての、初めての公務になるが、大丈夫か？」

（えっ？）

アメリアは、自分が呼ばれたのは、所長と副所長が外交のために国を空けるので、その留守を預かるためだと思っていた。突然の公務に驚くが、マリーエを励ました手前、自分は無理だとは言えない。

それでも少しだけ返答を躊躇《ためら》っていると、ユリウスが心配そうに言った。

「ジャナキ王国は、険しい山脈を隔ててはいるが、ベルツ帝国と隣接している。あんな事件があったのだから、不安だとは思うが」

元婚約者だったリースの起こした事件のせいで、アメリアはあまり自由に動くことができなくなった。

彼は水魔法と土魔法の遣い手を切望しているベルツ帝国に、水魔法が使えるアメリアを連れて亡命しようとしたのだ。そのせいで常に護衛がつくだけではなく、行動範囲も制限されてしまっている。

ユリウスは、そんなベルツ帝国に近い場所に行くことを、アメリアが不安に思っていると考えたようだ。

ビーダイド王国を含めた四つの国とベルツ帝国の間には、かなり険しい山脈がある。簡単には越えられないほど厳しいその山道は、好戦的なベルツ帝国からこの大陸を守ってくれていた。

けれどこちらの大陸で冷害の被害が深刻であるように、山脈の向こう側のベルツ帝国では土地の砂漠化に悩まされているらしい。

それを解決するためにあらゆる手段を講じているというベルツ帝国は、いつか険しい山脈を越えて、こちら側に侵略の手を伸ばすかもしれない。

大陸にある四つの国の王はそれを警戒し、帝国の脅威を退けるために団結力を高めている。

ジャナキ王国は、そのベルツ帝国にもっとも近い国である。

「いえ、大丈夫です。精いっぱい務めさせていただきます」

だがアメリアは、きっぱりとそう言った。

たしかに不安がないといえば、嘘《うそ》になる。

けれどマリーエもユリウスも一緒なのだからと、決意を固めてそう返答した。

「すまないな」

そんなアメリアに、ユリウスは謝罪の言葉を口にする。

――そして悩ましげな顔をして、こんなことを告げた。

「サルジュは王族というよりも研究者として生きているし、周囲にもそれを期待されている。その分、これから君の負担が増えてしまうかもしれない」

「……ユリウス様」

彼の言いたいことはわかる。

これからも研究者として生きるだろうサルジュが、王族として表に立つことはあまり多くないと思われる。ユリウスの言うように、その分彼の婚約者として、いずれは王子妃として、アメリアが表で頑張らなくてはならないことも増えるだろう。

けれどサルジュの研究はきっとこの国の未来を救うと、アメリアも信じている。そしてそんな彼を一番傍で支えたいと願っているのだから、もう覚悟も決まっていた。

「はい。すべて覚悟の上です」

だから笑ってそう答えると、ユリウスは安堵《あんど》したようだ。

「感謝する。もちろん俺もマリーエも、できる限り協力するつもりだ」

「ええ、もちろんよ。あなたたちのためなら何でもするわ」

ユリウスに続いてそう励ましてくれたマリーエに、アメリアも礼を言う。

「ありがとうございます。とても心強いです」

きちんと公務を果たそう。

アメリアはサルジュの助手を務めているとはいえ、まだ彼に追いつけないことも多い。

だから他のことで手助けができればと思う。

それにクロエは他国の王女とはいえ、いずれマリーエともアメリアとも義姉妹になる予定だ。慣れない他国暮らしで大変だろうから、色々とサポートが必要となるに違いない。

　王太子妃であるソフィアとユリウスの婚約者であるマリーエが、サルジュと婚約したアメリアを温かく迎え入れてくれたように、アメリアもクロエのために精いっぱい頑張ろうと決意していた。

　そう決意したアメリアだったが、サルジュと長い間離れてしまうのは、やはり少し寂しいものだ。

　昼休みに合流したサルジュも、さっそくその話題を口にした。

「ユリウス兄上が来月、ジャナキ王国に赴くことになったようだ」

「……はい。私とマリーエも同行することになりました」

　マリーエが副所長として、アメリアも初めての公務としてユリウスに同行することを報告する。

　当然サルジュも知っていたようで、アメリアの話に頷いた。

「アメリアや兄上のように公務ではないが、私も研究員としてジャナキ王国に赴くつもりだ」

「えっ？」

　狼狽《うろた》えながらも詳細を尋ねると、サルジュは詳しく説明してくれた。

　ユリウスがジャナキ王国に行くと決まったときから、サルジュは南にしかない植物の研究のため、同行すると言っていたようだ。

　彼の兄たちは反対したようだが、それが冷害に強い穀物のさらなる品種改良のためだとわかると、反対し続けることはできなかった。

　そこで身分を隠してひとりの研究員として赴くことになったという。

「ジャナキ王国も、数年前から少しずつ冷害に悩まされている。以前に比べると、確実に収穫量が落ちているようだ。それについても、詳しく調査したい」

「そうですか……」

サルジュは身分を隠しているのに、自分は王族の婚約者として同行しなければならない。

そう考えると、やはり少し荷が重い。

けれどユリウスもマリーエも力になってくれると言うし、何よりもサルジュと長い間離れずにすむ。

一緒に行けるのは、素直に嬉《うれ》しかった。

（でもまさか、王族の婚約者として公務をする日が来るなんて思わなかった……）

一年ほど前まで、アメリアはただの田舎貴族の娘でしかなかったのだ。

サルジュと婚約してから色々と学んでいるとはいえ、まだ学ばなくてはならないことは多い。

けれどアメリアはいずれサルジュの妻として、このビーダイド王国の王族の一員として生きなければならないのだ。いつまでも怖気《おじけ》づいてはいられないだろう。


昼休みを終えて、先に研究所に向かう。

しばらくしたあと、サルジュもカイドを連れて研究所の方に戻ってきた。

これから研究員としてジャナキ王国に行くために、他の研究員との打ち合わせや調査の内容を話し合う必要があるようだ。その研究員の中には、副所長に就任したマリーエの姿もある。

だが同じくジャナキ王国に向かうとはいえ、研究員としてではないアメリアは、それに加わることはできない。

これからジャナキ王国について、色々と学ばなくてはならないからだ。礼儀作法や立ち振る舞いについても、もう一度勉強する必要がありそうだ。

当分の間、サルジュと別行動になってしまうのは仕方のないこと。少し離れた場所にいる彼の姿を見ながら、自分にそう言い聞かせる。

学園が終わったあと、それぞれの護衛騎士と別れ、王城に戻る馬車の中で、アメリアはサルジュに声を掛けた。

「ジャナキ王国への訪問に、サルジュ様も一緒で心強いです。初めての公務で少し不安でしたが、長い間離れるよりはずっといいですから」

思ったままを素直に伝えると、サルジュはアメリアにしか見せない優しい顔で微笑む。

「そうだね。もちろんジャナキ王国の植物や冷害の現状を調べに行くというのは本当だが、もしアメリアが同行しないのであれば、研究者に詳しいデータを頼むだけだったかもしれない」

「……サルジュ様」

離れたくない気持ちは同じ。

そう思うだけで、何でもできる気がする。

「アメリアは覚えることが多くて、大変かもしれないね」

「はい。でも頑張れます」

アメリアは、まっすぐにサルジュを見上げた。

「それに、覚えておけば将来役に立つことばかりですから」

ふたりの未来のための勉強でもある。そう思えば少しも苦ではなかった。

「たしかに植物学の研究も大切なものだが、アメリアにばかり負担をかけるつもりはない。ふたりで頑張っていこう」

だがサルジュは、周囲のアメリアに対する期待に気が付いていたようで、そう言って気遣ってくれる。

「だから、無理はしないように。ユリウス兄上にも、あまりアメリアに負担をかけないでほしいと言っておく」

「そんな、私なら大丈夫ですから」

慌ててそう言ったが、サルジュは聞き入れてくれない。

そこまで気遣ってくれる心が嬉しくて、アメリアは彼に無理はしないと約束した。

王城に戻り自分の部屋に戻って寛《くつろ》いでいると、お茶を淹れてくれた侍女が戻ってきて、ソフィアが会いたがっていると伝えてくれた。

「ソフィア様が？」

彼女はサルジュの兄で、王太子であるアレクシスの妻。

つまりこの国の王太子妃である。

サルジュとユリウスは異母兄弟だが、アレクシスとは同母の兄弟だ。そのせいか、ソフィアはサルジュの婚約者であるアメリアを目にかけてくれる。

「すぐに伺います」

そう返答をしてくれるように頼むと、身支度を整えてソフィアのもとに向かった。

「学園から帰ってきたばかりなのに呼び出してしまって、ごめんなさいね」

王太子妃のソフィアは、そう言ってアメリアを部屋に迎え入れてくれた。

「いいえ、大丈夫です」

相変わらず美しいソフィアに、思わず見惚《みほ》れてしまう。

まっすぐな銀色の髪に、雪のように白い肌。その美貌故に冷たそうに見えるが、彼女がとても優しいことをアメリアは知っている。

「初めての公務で緊張しているかと思って。わたくしも初めてのときは王妃陛下に助けていただいたの。だから、今度はわたくしが助ける番よ」

そう言って、慈愛に満ちた表情で優しく笑う。

「ありがとうございます」

その優しさが、胸に沁《し》みる。

王族の婚約者となったアメリアにとって、これが初の公務となる。

これから色々と勉強するつもりだが、王太子妃のソフィアに比べると知識も経験も足りないのは確かで、何かと助けてもらえるのは有難いことだ。

「まず、ジャナキ王国について。サルジュから聞いているかもしれないけれど、ここ数年、収穫量が下がっているようね」

「はい。サルジュ様は、冷害のせいだと」

同じく冷害に悩まされていたビーダイド王国では、サルジュを中心として品種改良が盛んに行われ、年々悪化する冷害の中でも、収穫量が戻りつつある。

アメリアが開発した魔法水が普及すれば、もっと効果的だろう。

けれど大陸一の農業王国であったジャナキ王国は、反対に収穫量が徐々に下がっているらしい。

とうとう大陸の最南にあるジャナキ王国まで、冷害に悩まされるようになってきたのかと思うと、少しだけ不安になる。

けれどそれを防ぐために、サルジュもアメリアも頑張っているのだ。

「もちろんこの国の技術は門外不出というわけではない。でも他国に広めるには、もっと国内での実績が必要となるわね」

「そうですね。まだまだデータ不足です」

アメリアの魔法水はもちろん、品種改良されたばかりの穀物も、まだ実績不足だ。

「サルジュはそのためにも、ジャナキ王国のデータが必要だと言っていた。だから向こうでの視察は、農地が中心となるかもしれない。でもそこはあなたの専門だから、大丈夫ね」

「はい」

アメリアは頷いた。

この国での冷害対策。そして品種改良をした穀物と魔法水のことならば、ユリウスよりも詳しく答えられるだろう。

「問題は、ジャナキ王国の第四王女であるクロエ王女殿下ね」

そう言ったソフィアは、憂い顔をする。

「彼女は年の離れた末妹で、他の兄姉たちにはとても可愛《かわい》がられていたようね。でも本人も、王族に生まれた義務としてこの婚約を受け入れて、ビーダイド王国のことを自分から進んで学び、それなりに努力をしていたそうよ」

けれど最近になって、様子がおかしくなったのだという。

侍女になりすまして王城を抜け出そうとしたことが何度もあり、かなり問題になっているそうだ。

「どうして急にそんなことを？」

「他国への輿入《こしい》れが目前に迫ってきて、不安になったのかもしれないわ。両国で話し合った結果、留学という名目で、こちらで預かることになったの」

「……そうだったのですね」

まさか話し相手を務めることになった王女に、そんな事情があるとは思わなかった。

「いったい何があったのでしょうか」

「そうね。他国に嫁ぐのが怖くなってしまったのか。もしくは、好きな人ができてしまったのかもしれないわね」

王族とはいえ、年頃の女性である。そんなこともあるかもしれない。

だがジャナキ王国としても、いくら他の兄姉たちに可愛がられている末の王女でも、王族として生まれた以上、自由に生きることを許すことはできないのだろう。もし本当に彼女に想い人がいるのだとしたら、引き離すしかないと考えたのか。

　向こう側でも、苦渋の決断だったと思われる。

「王族や貴族が自由に生きられないのは、どの国でも同じ。でも彼女は、どうしてその責務から逃げ出そうとしたのかしら。そんなことは、許されないことなのに」

　そう言ったソフィアが人には言えない苦悩を抱えているように見えて、アメリアは思わず彼女の手を握る。

「あ、あの……」

「ありがとう。慰めてくれたのね」

　自分の行動に驚いて手を放そうとしたが、それよりも早く、ソフィアはアメリアの手を両手で握る。

「王妃陛下にはサリア様がいらっしゃるけれど、わたくしはひとりで頑張らなくては。去年までは、そう思っていたのよ」

　彼女はそう言って、顔を綻《ほころ》ばせる。

　サリアとは、エストとユリウスの母である側妃の女性のことだ。

　王妃とサリアは従姉妹同士でとても仲が良く、彼女は王妃を支えるために側妃になったと聞いた。

　このビーダイド王国は、大陸でも特殊な存在である。

　直系の王族が光属性を持っていることはもちろん、貴族として生まれた者が必ず魔力を持っている国など、他にはない。

ベルッ帝国では魔力を持つ者が少ないという噂である。山脈の向こう側にあるベルッ帝国の実態はほとんど知られていないから、それも事実かどうかわからない。少ないどころか、ほとんどいないのではないかという意見もある。

そして他の国でも、王家の人間が魔力を持っている程度だそうだ。

光属性を持つ王族に加えて、これほどまで多くの魔導師がいるのはこのビーダイド王国だけ。

そんな国の王太子妃ともなれば、他国と接する際にも慎重になるだろう。さらに彼女にはいずれ、光属性を引き継ぐ子どもを産まなくてはならないというプレッシャーもある。

「でもあなたがサルジュと婚約して王家に入ってくれることになって、孤独ではなくなったわ」

ソフィアは嬉しそうにそう言うと、ふいに目を伏せた。

「あなたが来てくれて、本当によかった。わたくしは、王妃陛下のようにはなれない。どんなに重圧でも、アレクシスが他の女性を傍に置くのは嫌だった。だから、色々と覚悟を決めていたの」

ソフィアのその言葉に、アメリアはサリアと対面したことを思い出す。ソフィアとマリーエとともに王妃に招かれたお茶会には、エストとユリウスの母である側妃のサリアも参加していたのだ。

噂通り、従姉妹同士だというふたりはとても仲が良くて、サリアは従姉《いとこ》である王妃を支えたくて、側妃に志願したのだと言っていた。

地方貴族でしかなかったアメリアにはわからないが、おそらくひとりでは抱えきれないほどの重圧が、この国の王妃にはあるのだろう。

「わたくしも必ず、あなたの力になるわ。だから何か困ったことがあったらすぐに相談してね」

「はい。ありがとうございます」

複雑な事情を抱えた王女の相手は、たしかに大変だろう。

けれどアメリアは、どうしてもその王女の気持ちを考えてしまう。

王族は国を守る義務があるとは理解している。

けれど、いざ突然遠く離れた異国に嫁ぐことが現実的になると、きっと不安になったに違いない。

生まれ育った祖国。大切な人たち。友人や好きな景色など、何もかも置いて嫁がなくてはならないのだ。

アメリアは意に染まない婚約を強要される苦しさを、誰も味方のいない場所で、ひとりで過ごさなくてはいけない孤独を知っている。

だからこそ、せめて自分だけは、異国から嫁ぐ王女を歓迎したいと思う。

「わたしでは力不足かもしれませんが、クロエ王女殿下が過ごしやすいように精いっぱい務めさせていただきます。きっと不安でしょうから……」

最後にぽつりと呟《つぶや》くように言うと、ソフィアははっとしたようにアメリアを見た。

「……そうね。あなたの言う通りだわ。わたくしたちが歓迎しなくては、彼女は行き場を失ってしまうもの」

「すみません。何もわからないのに差し出がましいことを」

「いいえ。そんなことはないわ。侍女に扮《ふん》してまで逃げようとした王女に、少し嫌悪を抱いてしまっていたようだわ。やっぱりわたくしだけでは、どうしても考えが偏ってしまう。これからも遠慮なく、思ったことは教えてね」

　ぎゅっと両手を握られて、アメリアは頷く。

「はい。もちろんです」

　国際情勢どころか国内のことも把握していない自分が、ソフィアの助けになれるとは思えないけれど、その心に寄り沿うことはできる。

　少しでも彼女の王太子妃としての重圧を減らせるのならば、彼女の望み通りにしようと思う。

「ごめんなさい、つい長話をしてしまって。それでは、夕食のときに会いましょう」

「はい、ソフィア様」

「ふふ、もう義姉と呼んでもいいのよ」

　むしろそうしてほしいと懇願されて、アメリアは少し照れながらもそう呼ぶことにした。

「それでは、ソフィアお義姉《ねえ》様。色々と教えていただいて、ありがとうございました」

「可愛い義妹《いもうと》のためですもの。気にしないで」

　楽しそうなソフィアに礼を言ってから、侍女に付き添われて、自分の部屋に戻った。

　以前は王城にある客間で暮らしていたアメリアだったが、サルジュと正式に婚約したあと、王族の居住区に自分の部屋を与えられていた。

　まだ婚約しただけで、結婚して王族の一員になったわけではない。

　それなのにサルジュの兄たちや義姉となるソフィアは、アメリアを既に妹のように可愛がってくれる。

それでもアメリアはまだ、自分がサルジュにふさわしいとは思えなかった。

容姿も平凡で、たまたま農地の多い家に生まれて、そのデータがサルジュの研究に役立っただけだ。

一応マリーエと同じ伯爵家ではあるが、この国では王都周辺に領地を持つか、王城近くに屋敷を構えることを許されていないと上位貴族とは認められない。

地方貴族で、王都にも数えるほどしか来たことのないアメリアとマリーエとでは、まったく格が違う。

けれどそんなアメリアを選んでくれたサルジュと、好意的に受け入れてくれた王家の人たちのためにも、役に立ちたいと強く思う。

（だからもっと自分で、ジャナキ王国とクロエ王女殿下について調べないと）

夕食までもう少し時間がある。

そう思ったアメリアはいったん部屋に戻ってから、王城にある図書室に向かった。

今まで利用していた図書室は、王城に勤務している文官なども利用するため、王族の居住区の外にあった。

けれどサルジュは朝まで滞在していることが多く、機密書類の管理や防犯の面でもあまり良くないだろうと、今年になってから居住区の中にも図書室が作られたのだ。

ここには王族しか入れず、管理人もいない。だからサルジュは自分の部屋よりも、この図書室にいることが多かった。

（むしろ図書室というよりも、サルジュ様の研究室のようなものね）

きっと今もここにいるだろう。邪魔をしないように、驚かせないように気を遣いながら扉を叩《たた》き、そっと中に入る。

予想通り、図書室にはサルジュの姿があった。

かなり集中しているようで、アメリアが来たことにも気が付いていないようだ。たしかにこんな様子では兄たちが心配して、安全な場所に図書室を作ってしまうのも仕方がないかもしれない。

声を掛けるべきか少し迷った。

結局アメリアは、サルジュの邪魔をせずに目的の本を借りて、自分の部屋で読もうと決める。

（ええと、ジャナキ王国についての本は……）

詳しい本を見つけて手に取ると、人の気配を感じたのか、サルジュが顔を上げた。

「アメリア、来ていたのか」

「サルジュ様」

邪魔をしてしまったことを謝ろうとしたが、サルジュはアメリアの姿を見ると嬉しそうに笑みを浮かべた。

手を差し伸べられ、本を机の上に置いて彼の傍に寄る。

「ジャナキ王国についての本か」

アメリアが持っていた本に興味を持ったのか、表紙を見たサルジュはそう呟いた。

「はい。少しでも勉強しようと思いました。サルジュ様の婚約者として、ふさわしい者になれるように」

身分や知識で対等になれないのならば、せめて王家のために、サルジュのために役立ちたい。そう告げると、サルジュはなぜか悲しそうに目を伏せた。

「……サルジュ様？」

「アメリアがこんなに自己評価が低くなってしまったのは、リースのせいだな」

低い声で告げられたのは、なぜか以前の婚約者だったリースの名前だった。

「ええと、どうしてリースが？」

サルジュが彼の名前を出した理由がわからず、戸惑いながらも尋ねる。

「彼は、アメリアを陥れて故意に孤立させていた。そのことが原因で、君は自分の価値を正しく理解していない。アメリアが考案した魔法水が、この国にどれくらい利益をもたらしてくれたのか、わかっていない」

真剣な瞳で見つめられて、戸惑う。

「でもあれは、もともとはサルジュ様が考案した魔法ですから……」

「私が考えていたのは、水魔法の地位を向上させることだけだ。けれどアメリアは、それをどう役立てるか、どうすれば効率的に普及させることができるのか。そこまで考えていた。アメリアのことばかり思っていた私とは違う」

「それは……」

アメリアは両手を頬に当て、恥ずかしくなって俯《うつむ》いた。

（わたしのことばかり思っていた、なんて）

そんなことを当然のように言われて、どう答えたらいいのかわからない。

何とか気を取り直して、必死に言葉を紡いだ。

「今まで農地を回って、色んな人の意見を聞いてきました。わたしはそんな人たちの意見を参考にしただけです」

領主の娘が農地を回るなんて、王都の貴族が聞いたら呆《あき》れるに違いない。でもその経験が、サルジュのために役立ったのだ。

「君の経験やそれに基づくアイデアは、私にはないものだ。素晴らしいと思う。少し羨《うらや》ましいくらいだ」

「サルジュ様が？」

あれほどの知識と魔法の才能を持っている彼が、誰かを羨むなんて思わなかった。それが自分だという事実に驚く。

「そう。だからもっと自信を持ってほしい。君の代わりは誰にもできない。そして何よりも、私の最愛の人なのだから」

「……はい」

アメリアは真っ直ぐにサルジュを見つめて、頷いた。

きっと顔が真っ赤になっているに違いない。

それでも、彼ほどの人にここまで言われて、俯いているわけにはいかない。

「もうわたしなんかと口にするのはやめます。ただ、役に立ちたいのは本当です。クロエ王女殿下のことも」

アメリアは、机の上に置いた本を手に取った。

「複雑な事情がおありだと聞きました。遠い異国に嫁ぐことになって、心細くて不安だと思います」

アメリアは、孤立する苦しさを知っている。

味方のいない心細さを、誰よりもよく知っている。だから少しでも支えたいのだと告げた。

「そうか」

サルジュは柔らかく微笑んで、アメリアの黒髪に触れる。

「それがアメリアの考えならば、私は止めないよ。必要ならば兄上にも言っておこう」

「すみません、自分勝手なことを」

「アメリアを自分勝手だなんて思う人はいないよ。さすがに長い旅になるだろう。途中の国の状況も、よく観察しておかなければ」

ふたりでそれぞれの本を手に取り、夕食までの時間を有意義に過ごすつもりだった。

けれどいつものように、少し熱中しすぎたのかもしれない。

「サルジュ、アメリア。もう夕食の時間だぞ」

そう言ってふたりを呼びに来たのは、いつもの侍女ではなく、王太子でサルジュの実兄であるアレクシスだった。

「王太子殿下。申し訳ございません」

まさか彼が直々に迎えに来るとは思わなかった。

アメリアは慌てて本を片付ける。そんなアメリアを見て、アレクシスは優しく笑う。

「ソフィアが義姉なら、俺のことは義兄《あに》と呼んでほしいね」

きっとソフィアと話をしたのだろう。王太子夫妻は、とても仲が良い。

そう言われて戸惑うが、まるで本当の妹のように優しく接してくれるアレクシスには、アメリアも好意を持っている。

「わかりました。お義兄様《にいさま》」

そう答えると、彼は嬉しそうに笑う。

「弟も可愛いが、これから義理の妹が増えるかと思うと楽しみだ」

そう言って、まだ本を読んでいるサルジュを促して食堂に連れて行く。

アメリアもその後に続いた。

長男で王太子アレクシス。その妻で、王太子妃のソフィア。

次兄のエストに、三男のユリウス。

そしてユリウスの婚約者のマリーエ。

誰もがアメリアを歓迎して、大切にしてくれる。

（こんなに温かい人たちだもの。クロエ王女殿下だって、きっと……）

みんなで幸せになる未来があると、アメリアは信じていた。

夕食後、いつものようにお茶を飲みながらゆっくりと会話を楽しむ。

これは彼らの習慣になっているようで、最初は自分がここにいていいのか戸惑っていたアメリアだったが、今ではすっかり慣れていた。

こんなときは、ソフィアと女同士で話すことが多い。

「そういえば、アメリアのドレスを作らせていたの。そろそろ仕上がるから、試着をしてもらわなくては」

ふとソフィアがそんなことを言い出した。

「いえ、ドレスならばたくさんありますので」

アメリアは慌ててそう言った。

制服ですむ研究員とは違い、アメリアは第四王子サルジュの婚約者として行くことになる。

当然、歓迎パーティなども開かれる。

ドレスで行かなければならないことは承知しているが、サルジュと婚約してから彼からだけではなく、ソフィアやマリーエからも、たくさんのドレスを贈ってもらった。そのドレスで充分だ。

けれどソフィアはアメリアを諭すように言う。

「国内ならそれで大丈夫かもしれないけれど、ジャナキ王国はこちらと比べると気温が高いの。もっと薄い素材の生地で作らないといけないのよ」

さらに他国を訪問するときには、その国の風習に合わせて、ドレスにも気を遣わなくてはならないと説明してくれた。

肌の露出を好まない国や、足元を見せてはいけない国など、色々と気を付けなければならないことがあるようだ。

「すみません。そこまで考えが回りませんでした」

ジャナキ王国のことは色々と調べていたはずなのに、着ていくものまで考えられなかった。

ソフィアが用意してくれなかったら、間に合わなかっただろう。

「いいのよ。初めてだし、わからないことがたくさんあるのは当然よ。今はわたくしに任せておいて」

そう言ってソフィアは、優しく微笑んだ。

次期国王は王太子であるアレクシスだが、もし彼に何かあった場合、次の王太子はエストやユリウスではなく、母が同じ正妃であるサルジュになる。だからその妻となるアメリアも、本来ならば妃教育をする必要があった。

それでもサルジュとアメリアは、国益となる植物学の研究を最優先としなければならない。だから今は、必要なときにソフィアがこうして教えてくれていた。

「それと、護衛騎士はカイドが務めるけれど、女性しか入れない場所もあるからね。リリアーネが侍女として同行することになったわ。だから安心してね」

カイドはサルジュの護衛騎士だが、研究員のひとりとして赴く彼に、表立って護衛は付けられない。だからアメリアの護衛として同行する。

さらにカイドの婚約者であり、アメリアの本来の護衛騎士であるリリアーネが、侍女として一緒にいてくれるようだ。

「ありがとうございます。とても心強いです」

カイドがいて、リリアーネも傍にいてくれる。

外交のときはユリウスが一緒にいてくれるし、王立魔法研究員の副所長としてマリーエも一緒に行く。

そして何よりもサルジュがいる。

初めての国外で緊張していたが、何とかなりそうだ。

ふとサルジュを見ると、彼は兄たち三人に、絶対にひとりで行動するなと強く言い聞かせられていた。

「心配だな。俺も護衛として同行するしかないか」

アレクシスのとんでもない言葉を、すかさずユリウスが否定した。

「やめてください、兄上。さすがにカイドが気の毒です。俺がついていますから、大丈夫です」

「ユリウスだって専門は治癒魔法じゃないか。まぁ、カイドがいるなら心配はいらないな」

現在サルジュの護衛騎士であるカイドは学生時代、アレクシスの護衛だったらしい。

昔はアレクシスに振り回され、今はサルジュに苦労しているのかと思うと少し同情する。でもそれはカイドがアレクシスに信頼され、腕もたしかである証拠だろう。

アメリアも、彼が護衛騎士を務めてくれるなら危険はないだろうと安心していた。

第二章

初めての公務

ドレスの試着や礼儀作法の確認。一緒に行くユリウスとの打ち合わせなど、やらなくてはならないことはたくさんあった。

かなり忙しかったが、ソフィアやマリーエの協力もあり、何とかなった。

(明日はとうとう出発ね)

アメリアは自分の部屋でそっと息を吐く。

準備は完璧に整い、明日の朝、王城を出ることになっていた。

研究員はマリーエ、サルジュも含めて七人ほど。

彼らもまた馬車で移動するが、あまり集団で行動すると警護の面で心配があるため、一日ほど遅れて出発するらしい。

もちろんサルジュとマリーエは、アメリアやユリウスと一緒に出発することになっている。

出発前にビーダイド国王陛下に謁見し、出発の報告をする。研究員たちは明日出立するが、ここで一緒に挨拶をするようだ。

アメリアはユリウスの隣で、静かに頭を下げていた。

サルジュの父でもある国王陛下は威厳に満ちた王だが、たまに部屋の近くでアメリアに会うと、気さくに声を掛けてくれた。

公式の場では王であることを崩さないが、身内だけのときは、優しい顔をしている。

今回参加する者は事前に研究所で、他国を訪れる際の注意事項の説明を受けていた。

使節団として参加する研究員は、トラブル防止のために、基本的に他国での魔法の使用は禁止されている。

王族として参加するユリウスとアメリアは別だが、それでも魔法の使用には国王陛下の許可が必要となるようだ。

見送りにはソフィアも来てくれた。

「体に気を付けてね。危ない場所には近寄らないように。リリアーネ、わたくしの義妹《いもうと》をよろしくね」

「はい、ソフィア様。承知しました」

ソフィアの友人でもあるリリアーネは、そう応えて微笑《ほほえ》んだ。

用意された馬車には、アメリアとリリアーネ。そしてマリーエが乗り込む。

サルジュはユリウスとカイドと一緒のようだ。

ジャナキ王国に入るまではこうして移動し、国境近くで他の研究員が乗った馬車と合流する。そしてサルジュとマリーエは他の研究員と一緒に、アメリアはユリウスと王族専用の馬車に乗ることになっている。

「ジャナキ王国までは遠いわ。それまでは、ゆっくりと過ごしましょう」

マリーエにそう言われて、アメリアは頷《うなず》く。

サルジュと別の馬車になってしまったのは少し寂しいが、長距離の移動なので女性だけの方が気安いかもしれない。

ビーダイド王国の南側には、ニイダ王国、ソリナ王国というふたつの国が並んでいる。それぞれビーダイド王国の半分くらいの国土だが、それぞれの特色を生かして国を発展させていた。

ニイダ王国は鉱山が多く、道が険しいこともあって、今回はソリナ王国を経由して向かうようだ。

ソリナ王国は酪農が盛んな穏やかな気候の国である。馬車の窓から見える牧場の様子は目新しく、なかなか楽しい旅だった。

ジャナキ王国との国境近くで馬車を乗り換えた。

長い旅だったが、いよいよここからジャナキ王国である。

公務なので、アメリアは制服ではなくドレス姿で、ユリウスとともに王家の馬車に乗り込んでいる。

リリアーネは侍女に扮《ふん》して同行し、カイドは他の護衛と一緒に、馬車のすぐ近くにいるだろう。

「長い旅だったね。疲れただろう」

そう気遣ってくれるユリウスに、首を振る。

「大丈夫です。昔から農地を歩き回っていたので、わたしは結構丈夫なんです」

むしろ目新しい景色ばかりで、楽しい旅だったと告げると、ユリウスは頼もしいな、と言って笑みを浮かべた。

「王都についたら、さっそく歓迎パーティを開いてくれるそうだ。多分、あまり休める時間はないだろうから、今のうちにゆっくりとした方がいい」

「わかりました。ありがとうございます」

長旅で訪れた国で、到着してすぐに歓迎パーティもなかなかハードだ。でも外交のために訪れたのだから、それも当然かもしれない。

「研究員たちは、一晩休んだあと、早朝から農地を案内してもらうそうだ」

「……それはちょっと、羨《うらや》ましいですね」

アメリアもサルジュのように研究員として参加していたら、異国の農地を思う存分見学することができたのにと思うと、残念だ。

「すまないな」

突然の謝罪に首を傾《かし》げると、ユリウスは少し気まずそうに言う。

「本当は、公務は学園を卒業してから行うものだ。けれど、向こうの事情もあってね。できればクロエ王女と同い年くらいで、話し相手や相談相手になってくれる人はいないかと相談があったものだから」

マリーエはすでに副所長として訪問することが決まっており、王族としてクロエの相手ができるのはアメリアしかいなかったようだ。

「そうだったのですね。明日、マリーエは？」

「彼女は、サルジュと一緒に副所長として農地見学に行く。俺たちが王城に滞在している間は、マリーエの護衛ということで、カイドを向こうにやる。アメリアには、侍女に扮してリリアーネが付き添う予定だ」

「わかりました」

アメリアは、ユリウスと一緒に歓迎パーティに参加しなければならない。

ビーダイド王国でも、パーティには数えるほどしか参加したことがないのに、他国のパーティに王族の一員として参加することに、やはり不安はあった。

けれどユリウスだけではなく、リリアーネが傍《そば》にいてくれるのなら、きっと何とかなるだろう。

「ああ、休めと言いながら話をしてすまない。少し眠った方がいいよ。まだ王都に到着するまでは時間がある」

「はい。ありがとうございます」

ユリウスが勧めてくれたように、アメリアは背もたれに寄りかかって、そっと目を閉じた。そのまま、少し眠ってしまったようだ。

「アメリア」

ふいに優しく名前を呼ばれて、目を覚ます。

(あれ、わたしは……)

がたんと馬車が揺れて、今の状況を思い出した。

少し目を閉じて休むだけと思ったのに、眠ってしまったことに気が付いて慌てる。

「す、すみません」

ユリウスに迷惑をかけてはいけないと、急いで起き上がろうとした。

「落ち着いて。急がなくても大丈夫だ」

「え?」

聞き覚えのある声に顔を上げると、こちらを覗《のぞ》き込んでいるのはユリウスではなかった。見慣れたサルジュの綺麗《きれい》な顔が、こちらを覗き込んでいた。

「サルジュ様? どうして……」

彼は他の研究員と一緒に、別の馬車に乗り込んでいたはずだ。

「もうすぐ王都に入る。そうなったらアメリアと表立って話すことは、なかなかできないからね。兄上に頼んで、少し代わってもらった」

そう言うと、まだ少しぼんやりとしているアメリアの黒髪を優しく撫《な》でる。

「王城に着いたらすぐに歓迎パーティらしい。でもアメリアのエスコートは兄上がしてくれる。兄上なら安心だ」

「はい」

そのことは事前に聞いていたので、アメリアは頷いた。

自分自身のことは、ユリウスとリリアーネがいてくれるから何とかなると開き直ることができた。むしろ今は、王都を出て農地見学に行くサルジュのことが心配だった。

「サルジュ様も気を付けてくださいね。農地を見学すると聞きました。見たことのない植物がたくさんあると思いますが、他の人とはぐれないように気を付けてください」

そう忠告すると、サルジュは困ったように笑う。

「……わかっている。それよりもパーティではジャナキ王国の男性からダンスに誘われるかもしれないが、断っても構わない。兄上が上手《うま》くやってくれるだろう」

ふいにそんなことを言われて、アメリアはさらにサルジュに注意しようとしていた言葉を呑《の》み込んだ。

「……他の人とは、踊りません」

真っ赤になりながらそう答えると、サルジュは満足そうに頷く。

「それなら、よかった。気を付けて」

「わたしなら大丈夫です。ユリウス様やリリアーネさんもいますから」

「ああ。こちらも心配はいらない。カイドがいる。一緒に農地の見学ができないのは残念だが、資料をたくさん持ち帰るから、戻ったら一緒に分析してみよう」

「はい。楽しみにしています」

ビーダイド王国に戻れば、またサルジュと研究三昧の日々だ。

大変だが、充実していて楽しい毎日である。そんな日常に戻るために、今は頑張らなくてはと思う。

「アメリア。これを」

最後にサルジュはアメリアの指に、そっと指輪を嵌《は》めた。

「これは……」

見事な金細工に、控えめだが美しいエメラルド。サルジュの色だと気が付いて、自然と笑みが浮かぶ。

「お守りだ。きっとアメリアを守ってくれる」

「……ありがとうございます」

サルジュが傍にいてくれるようで、心強い。

アメリアは両手で包み込むように抱きしめて、微笑んだ。

そうしているうちに、いよいよジャナキ王国の王都に入り、サルジュは研究員の馬車に戻った。

この指輪を渡すために来てくれたようだ。

代わりに戻ってきたユリウスとともに王城に向かう。

サルジュを含めた研究員たちは、王都にある施設に宿泊することになっていた。

アメリアはユリウスとともに王城に滞在するので、サルジュとはなかなか会うことは難しくなってしまうけれど、滞在は十日ほどだ。

ビーダイド王国に戻ってしまえばずっと一緒にいられる。

（それなのに、こんなに寂しく思うなんて。わたしは……）

自分が思っていたよりも、この愛は重いのかもしれない。

離れたくない。

でも、これからサルジュの傍にいるためにも必要なこと。果たさなければならない義務だと、気を取り直す。

（うん、しっかりと頑張ろう）

そうして辿《たど》り着いたジャナキ王国の王城は、まるで堅牢《けんろう》な砦《とりで》のようだった。

城壁は頑丈で高く、見張りの兵士が至る所に待機している。好戦的なベルツ帝国は、過去に何度も険しい山脈を越えようとしたらしい。

だが山脈はあまりにも険しく、ベルツ帝国には魔法を使える者がほとんどいないと聞いている。今まではすべて未遂に終わっていたようだが、軍を率いることは不可能でも、スパイを入り込ませることはできる。

だからジャナキ王国は、常にベルツ帝国を警戒しているのだろう。

まったく交流のない国のことなので、その実態はわからないのだから、それも当然だ。

アメリアはユリウスとともに、リリアーネに付き添われ、ジャナキ王国の王城に入った。出迎えた人たちは皆、にこやかに歓迎してくれた。

ジャナキ王国の人たちは皆とても背が高く、ただでさえ小柄なアメリアは、囲まれると埋もれてしまう。色彩豊かなビーダイド王国の人たちとは違い、この国では茶色か黒髪の人しかいないようだ。アメリアも黒髪なので、何だか親近感を抱いてしまう。

その日のうちに歓迎パーティが開かれるので、宛がわれた部屋に落ち着く暇もなく、すぐに支度をしなくてはならない。

侍女として、リリアーネが同じ部屋にいてくれる。アメリアの身の回りの世話はこの国の者ではなく、すべてリリアーネがしてくれるようだ。

護衛とはいえ、侯爵令嬢である彼女にそんなことを、と思ったアメリアだったが、リリアーネは慣れているから大丈夫だと笑っていた。

女性騎士は同じ女性の護衛に付くことが多いらしく、侍女に扮《ふん》するのが一番守りやすいため、よくあることのようだ。

「アメリア様。ジャナキ王国の男性には気を付けてくださいね」

身支度を手伝ってくれていたリリアーネが、ふいにそんなことを言った。

「え？」

言葉の意味がわからずに首を傾げる。

「先ほど、王城に勤める侍女と少し打ち合わせをしたのですが、この国では黒髪で小柄の女性が好まれるようです。アメリア様はそれにぴったりですから」

黒髪で、小柄。

たしかにそんな条件に当てはまってしまうアメリアは、複雑な心境になってしまう。

自分でも平凡な顔立ちだとわかっているのに、背と髪だけ褒められても嬉《うれ》しくはない。

それにアメリアには、サルジュがいてくれたらそれでいい。

「さすがソフィア様ですね。よくお似合いです」

身支度を手伝ってくれたリリアーネは、そう言って目を細める。

義姉のソフィアが用意してくれたドレスは、薄手の生地だが肌の露出が少ない上品なものだった。

さらにアメリアによく似合うように、デザインも考えてくれたようだ。鏡を見て、思わずため息《いき》が出てしまう。

「本当にお義姉《ねえ》様は完璧ですね」

彼女に少しでも追いつけるように努力しなければと思うのだが、なかなか近付ける気がしない。

「その指輪はどうなさったのですか？」

髪を整えてくれたリリアーネは、サルジュに渡された指輪に気が付いたようだ。

「馬車で、サルジュ様に頂いたの。お守りだって」

そう答えて、指輪を包み込むように握りしめる。

「たしかに、サルジュ殿下の色ですね。よくお似合いですよ」

「ありがとう」

リリアーネの言葉が嬉しくて、思わず笑顔になっていた。

これを身に着けていると、まるで彼が傍にいてくれるようだ。

やがて準備を終えたユリウスが迎えに来た。

「そろそろ行こうか」

「はい」

彼はサルジュよりもかなり背が高いので、隣に並ぶとアメリアがますます小柄に見えてしまう。

「ユリウス殿下。どうかアメリア様をよろしくお願いします」

リリアーネが王城の侍女から聞いた話をすると、ユリウスは真摯《しんし》に頷いた。

「わかった。アメリアから片時も離れないようにするから、安心してくれ」

そう言ってユリウスはアメリアの手を取って歩き出す。

「すみません、ご迷惑を」

「いや、義妹を守るのは当然のことだ。サルジュにもよく頼まれている。国賓相手に下手なことはしないだろうが、ベルツ帝国の手の者は遠く離れたビーダイド王国にも忍び込んでいたくらいだ。ここに侵入していないとは言い切れない。気を付けるに越したことはないだろう」

「……はい」

リースのことを思い出して、アメリアも気を引き締める。

歩いていくと、音楽が聞こえてきた。

緊張で、胸がドキドキしている。

（大丈夫。落ち着いて、頑張ろう）

サルジュに貰《もら》った指輪を見て、心を落ち着ける。

こうして、アメリアの最初の公務が始まった。

馴染《なじ》みのない異国の音楽が流れる中、アメリアはユリウスとともに、ゆっくりと足を進めていく。

会場にはたくさんの人がいて、誰もがふたりに注目していた。

視線の多くはビーダイド王国の第三王子であり、光魔法が使えるユリウスに注がれている。でもそんな彼に手を取られて歩くアメリアにも、少なくない視線が降り注いでいた。

（どうしよう……）

緊張で、手が震えそうになる。

俯《うつむ》きそうになったとき、サルジュからもらった指輪が目に入った。

（サルジュ様）

――もっと自信を持ってほしい。君の代わりは誰にもできない。そして何よりも、私の最愛の人なのだから。


そう言ってくれたサルジュの言葉を思い出して、顔を上げる。

（わたしは、サルジュ様にふさわしい人になる。もう俯いたりしないわ）

柔らかな笑みを浮かべ、小柄な体で堂々と歩くアメリアに、見惚《みと》れる者もいた。

けれどそんな視線も顧みない。

アメリアの心はただ、最愛の人の面影だけを追っていた。


広いホールをまっすぐに進んでいくと、その奥には、ジャナキ王国の王族が並んでいる。

国王夫妻に、王太子夫妻。

続いて第二、第三王子に、第一から第四王女までが並ぶ。

茶色の髪と黒髪の者が、半分くらいだろうか。

ジャナキ王国は王族が多いことでも有名だったが、こうして並ぶと圧巻だった。

（あの方が、クロエ王女殿下ね）

王族たちの一番奥で、こちらを睨《にら》むように見つめている背の高い女性がいる。

並んでいる位置と一番若そうな顔立ちから、アメリアは彼女がビーダイド王国に嫁ぐことになるクロエだと認識した。

年はきっとアメリアと同じくらいだろう。

茶色の髪に、黒い瞳。すらりとした長身だが、顔にはまだ幼さが残っている。

けれどその視線から察するに、あまりこちらに好意的ではないようだ。

兄や姉たちの背後に隠れながら、敵意を隠そうともしない視線をアメリアに向けている。

それは、初対面の人に向けるようなものではない。

アメリアは戸惑ったが、彼女の境遇を考えれば仕方がないことだと思い直す。

（きっと、不安なはずだわ）

こちらには敵意がないことを示そうと笑顔を向けた。

けれどクロエはますます不機嫌そうな顔になって、ふいっと視線を逸《そ》らしてしまった。

（どうしよう……。失敗したかしら）

不安になってユリウスを見ると、彼もまたクロエの視線に気が付いていたらしい。

国賓の歓迎パーティで敵意を向けてきた彼女に呆《あき》れたような顔をしながらも、ジャナキ王国の王族たちに型通りの挨拶をする。

向こうも歓迎の言葉を述べ、ジャナキ王国の国王がパーティの開催を宣言した。

軽やかな音楽が大きくなる。

ジャナキ王国の王太子夫妻が会場の真ん中で音楽に合わせて踊り出すと、他の貴族たちも皆、パートナーの手を取ってそれに倣い始めた。

事前にソフィアから聞いていたように、ジャナキ王国のパーティにはあまり厳密なルールはないようで、順番など関係なくそれぞれ楽しそうに踊っている。

アメリアはサルジュとの約束通りに、誰とも踊らずに静かに過ごしていた。

ユリウスはジャナキ王国の王女たちと踊っていたが、クロエだけは頑《かたく》なに誰とも踊ろうとせず、ただ唇を固く引き結んで、視線を下に向けている。

アメリアも誰とも踊っていないので、自然と彼女の傍にいることになってしまう。けれど周囲を拒絶しているような姿に、声を掛けられずにいた。

「……私は、ビーダイド王国には行かないわ」

どうしたらいいか迷っていると、クロエは思い詰めたような声で、ひとりごとのようにそう言った。

「結婚なんかしない。私は……」

声を張り上げたクロエに気が付いて、彼女の兄姉たちが慌てて駆け寄ってきた。

「クロエ、どうしたの？　急にそんなことを言い出すなんて」

「去年までは、ビーダイド王国に行くのが楽しみだと言っていたじゃないか」

叱るのではなく困惑した彼らの様子から察するに、クロエの変化は急激なものだったようだ。

第二王女と踊っていたユリウスも戸惑ったようにジャナキ王国の王子、王女たちとクロエを、交互に見つめている。

「こちらとしても、無理やり連れて行くつもりはありません。もう少し、話し合いをしてはどうでしょうか？　この婚約が成立しなくとも、両国の関係は変わりませんので」

「え？」

ユリウスの言葉に、クロエは驚いたように目を見開く。

「……婚約を解消しても、いいの？」

信じられないような、でも嬉しそうな声。

けれど周囲の人たちの反応は違っていたようだ。

「聞き分けなさい。あなたはこのジャナキ王国の第四王女なのよ」

「私は嫌よ。だって私にはアイロスが……」

「クロエ！」

クロエがその名前を口にした途端、兄姉たちが厳しく彼女を制した。

アメリアはどうしたらいいのかわからずにユリウスを見ると、彼は笑みを浮かべてその場を仲裁した。

「こちらも結論を急ぎすぎたようです。まだ滞在期間は十日ほどあります。その間に決めていただければ構いません」

そう言って、アメリアの手を取った。

「せっかくだから俺たちも踊ろうか。サルジュも俺なら構わないだろう」

「あ、はい」

彼らも話し合う必要があるだろうと、アメリアはユリウスの誘いに頷き、その場を後にした。

そのままホールの中央まで行くと、音楽に合わせて踊り出す。

踊るふたりを見ていた周囲から、感嘆のため息が聞こえていた。

きっとユリウスが上手いからだろう。小柄なアメリアを丁寧にリードしてくれて、目立つミスもなく踊ることができた。

そのことにほっとする。さすがに国賓として招かれて、パートナーの足を踏んでしまったり、躓《つまず》いたりするわけにはいかない。

ユリウスと踊ったことが引き金になったのか、それからも何人かに誘われたが、丁重に断った。

会場には踊らない人もたくさんいるので、断っても問題はなさそうだった。

「リリアーネが心配していたように、アメリアはこの国の男性の好みに合っているようだな」

「……髪と身長だけ褒められても、あまり嬉しくはないです」

「アメリアはとても可愛《かわい》らしいよ。でも、サルジュがここにいなくてよかったかもしれない」

意外と嫉妬深いから、と言われて、思わず頬を押さえる。

きっと赤くなっているに違いない。

アメリアだって、サルジュが誰かと踊ったら嫌だ。

（でも……）

アメリアは、先ほど会ったクロエのことを思う。

アイロス、と男性の名前を口にしていた。

彼女には、想う人がいるのだ。

もし自分だったらと、アメリアは考えてしまう。

（わたしがサルジュ様と別れることになってしまったら……）

きっと生きていけないと思うくらい、絶望するに違いない。

クロエがそんな状況に置かれていることを思うと、彼女が多少感情的になったとしても仕方がないのではないかと思ってしまう。

「何か事情があるようだが、こちらではどうしようもないからね」

ユリウスも気にしているのか、呟《つぶや》くようにそう言った。

「アメリアも、あまり思い詰めないように」

そんなことを考えていたアメリアに、ユリウスがそう声を掛ける。

「……ユリウス様」

「この婚姻は、国同士の契約だ。向こうの選択に口を出すことはできない。それに彼女もいくら感情的になってしまったとはいえ、公式の場であのような発言をしてはいけなかった」

歓迎パーティにもかかわらず、敵意を向けてきたクロエに、ユリウスは少し呆れている様子だった。

「この婚約は向こうから申し出てきたもの。それも、かなり昔から決まっていたことだ。彼女もそのつもりだったと思うが、先ほどの言葉から察するに、恋をして、政略結婚が嫌になってしまったのだろう。気の毒だとは思うが……」

そう言いつつも表情が少し険しいのは、相手が兄のエストだからだろう。

「だが父も兄も、嫌がる王女に結婚を強要したりはしない。向こうの結論を待とう」

「そうですね……」

アメリアも頷いた。

クロエの心境を思いやって少し落ち込むアメリアに、ユリウスは優しく告げる。

「明日は視察に行くことになっている。サルジュと合流できるだろう」

「はい」

サルジュの名を聞いて、気分が上向きになる。予定では王都にある市場を見学し、大きな食品加工場と、少しだけ郊外の農地を回ることになっていた。

もちろん研究員も同行する。

彼と一緒に行動できる数少ない機会だ。明日が楽しみだと、自然と笑みが浮かぶ。

ふと気が付くと、いつの間にか会場にクロエの姿はなかった。他の王族も何人かいなくなっているようだ。

アメリアは途中退出するわけにはいかない。

最後までユリウスと一緒に参加し、閉会してからリリアーネが待つ部屋に戻った。


アメリアからクロエの話を聞いたリリアーネは、複雑そうな顔をした。

「アレクシス王太子殿下とソフィア様は政略結婚。それでも良好な関係を築いていらっしゃいます」

友人でもある王太子夫妻の名前を出して、彼女は言う。

王太子であるアレクシスにとって、結婚は政略だ。だがふたりは互いに歩み寄り、立場を思いやり、今の関係を築き上げている。

「エスト王子殿下は素晴らしい方ですから、きっと結婚なされればおふたりのような関係を築けると思うのですが」

けれどクロエの方が徹底的に嫌がっている今の状況では、それも難しい。

向こうの話し合いがどんな結論を出すのかわからないが、もしかしたら円満な婚約解消になる可能性もあるのだろう。

婚姻が成らずとも、友好国であることには変わりはないのだから。

「さあ、今日はもうお休みください。長旅からのパーティでお疲れになったでしょう。明日は待ち望んでいた視察ですよ」

「そうね。明日はサルジュ様とご一緒だもの」

考え込んでいたアメリアは、ぱっと表情を明るくした。

彼には、寝不足の疲れた顔など見られたくない。今日はもう余計なことは考えずに、そのまま休むことにした。

慣れない他国の王城だが、傍には護衛であるリリアーネがいてくれる。

「ずっと朝までお傍におりますから、ご安心ください」

「うん。……ありがとう」

リリアーネに見守られ、目を閉じる。

明日になればサルジュに会える。今までは毎日会っていたはずなのに、楽しみで仕方がなかった。

翌日。

朝早く目が覚めたアメリアは、きちんと身支度を整え、ユリウスと一緒に視察に向かうために王城を出た。

侍女としてリリアーネがいてくれるし、ジャナキ王国からも案内人と警備のための騎士団が同行することになっていた。

まずは王都の中の市場の視察に行く予定だ。途中で研究員が宿泊している施設に寄り、彼らと合流する。

王都の中央にある宿泊施設は、ジャナキ王国の警備兵によって厳重に守られていた。

ジャナキ王国側では、第四王子であるサルジュが研究員のひとりとして滞在していることを知らないが、ユリウスの婚約者であるマリーエがいるので、警備を強化してくれたのだろう。

カイドがいるとはいえ、やはりサルジュのことが心配だったから、それを見てアメリアも安堵《あんど》した。

ジャナキ王国側からは、いくら使節団のひとりで副所長の立場だとしても、王族の婚約者である以上は城に滞在した方がいいと申し出があった。

けれどマリーエは研究のために訪れたのだからと辞退し、代わりに婚約者の身を案じたユリウスが、護衛のカイドを彼女に付けた。

そういう話になっている。

だからカイドは、もちろんマリーエも守っているが、実際にはサルジュの護衛だ。

馬車の中で待っていると、カイドに付き添われた研究員たちが姿を現した。

先頭にはマリーエの姿があり、優雅なしぐさでユリウスに挨拶をしていた。サルジュは研究員として他国に入るために、事前に魔法で姿を少し変えている。

（サルジュ様）

その姿を見つけて、思わず名前を呼びそうになる。

煌《きら》めく金色の髪が、アメリアと同じ黒髪になっている。さらに眼鏡をかけて制服を着ているので、研究員たちの中に溶け込んでいるように見える。まだ学生である彼は外交もしていないので、気付かれることはないだろう。

サルジュはアメリアを見つけると、柔らかく微笑んだ。

姿は少し変わっても、その笑みは変わらない。その傍に駆け寄りたくなるのを堪《こた》えて、アメリアも微笑んだ。

最初は市場見学である。

大きな市場には、こちらではあまり見ない野菜や果物を売っている。研究員たちは手に取ってみたり、店の人たちに話を聞いたりしているが、アメリアとユリウスは馬車の中から見学するだけだ。

（あれは何かしら。リケの実に似ているけど……）

馬車の窓に張り付いて、よく見ようとするアメリアを見て、ユリウスが笑った。

「次に向かう農地見学では、もう少し近くで見られると思う」

「あ、すみません。つい……」

慌てて座り直し、姿勢を正す。

ここは王都の市場で、一般市民もたくさんいる。国賓として、ビーダイド王国の代表としてふさわしい態度でいなくてはならない。

だがその決意も、食品加工場の見学までは何とかなっていたが、最後の農地見学であっさりと崩れ去る。

ユリウスとともに馬車を降りたアメリアは、目の前に広がる農地に夢中になった。

「すごいわ。こんなに……」

目の前に広がる農地には、ビーダイド王国ではあまり作られていない作物が植えられていた。

つい興奮して案内人に質問を重ねてしまったが、とても勉強になった。

サルジュもこの国の植物学の研究者に色々と聞いていたようなので、帰ってから情報交換をすることが楽しみだ。

視察はあっという間に終わってしまい、またサルジュと別れて王城に戻らなくてはならない。寂しいが、国に戻ればずっと一緒にいられる。

研究員と別れ、王城に戻ってきたアメリアは、さっそく今日見たことや聞いたことをデータにまとめることにした。

この国の雨量や気温などは、きっとサルジュが聞いてくれただろう。だからアメリアは案内人から聞いた、ここ十年ほどで変わってしまったことを書き出しておく。

夏になっても気温がそれほど上がらなくなった。

雨が多くなった。

冬は例年よりも気温が下がる日が続いた。

それはビーダイド王国が悩まされてきた問題と同じ。

（この地でもグリーは作られているけれど、年々収穫量が少なくなってきているわ）

グリーはこの大陸で主食として食べられている穀物だが、冷害に弱く、ビーダイド王国では品種改良を重ねてようやく収穫量が戻ってきたところだ。

けれど虫害に弱いという欠点があり、それを補足するために、アメリアとサルジュはそれを防ぐための水魔法と、魔法と同じ効果がある魔法水というものを創り出した。

サルジュが品種改良したグリーならば、この地でも問題なく育つだろう。

けれどこの国には、水魔法の遣い手も魔法水を創り出せる魔導師も数が少ない。

ビーダイド王国と同じやり方では成功しないと思われる。

（どうしたらいいのかしら。さらなる品種改良？　それとも、魔法水の流通を増やした方が良い？）

ビーダイド王国では、すべての貴族が魔法の力を持つ。こんな国は他にはない。

だがいくら多いとはいえ、水魔法の属性を持つ者ばかりではない。それにほとんどの貴族は、自分たちの領地のためにしか働かない。

（何かいい方法はないかしら……）

サルジュもアメリアも、ビーダイド王国だけが無事ならば良いという考えは持っていない。いくら自国が豊かになっても周囲の国が飢えていれば、争いが起こる。

ただ国同士の関係もある。技術を他国に提供するのならば、やはりもっとデータを集めて安全性を高めなくてはならない。

サルジュと話したい。

データや意見を交換して、時間を気にせずに語り合いたい。

でも今は顔を見ることさえできない。

アメリアは深くため息をついた。

そんなアメリアに、リリアーネが声を掛ける。

「そろそろお支度を」

「ああ、もう時間ね」

そっと促されて、アメリアは頷く。

今夜は晩餐会《ばんさんかい》に招待されていた。ソフィアが晩餐会用に仕立ててくれたドレスに着替えて、会場に向かわなくてはならない。

今頃サルジュは時間に左右されることになく、研究に取り組んでいることだろう。

羨ましいと思いかけて、ふと気が付く。

「サルジュ様、大丈夫かしら。ちゃんと食事や睡眠は……」

むしろ集中しすぎて、すべてを忘れているのではないかと心配になる。

「カイドが付いていますから、大丈夫です、と言いたいところですが……」

リリアーネも不安そうだ。

止めきれず、一緒に徹夜している姿が見えるようだ。

「あとで、様子を見に行ってきます。ユリウス様から伝言があると言えば、簡単に行けるでしょうから」

「ええ、お願い」

この件はひとまずリリアーネに託すことにして、アメリアは身支度を整える。

(今日は視察と晩餐会。明日は……)

明日は王女たちのお茶会に招かれている。クロエも参加するようなので、そこで話ができるかもしれない。

王城に滞在している間は、とても忙しい。

でもその方が、傍にサルジュがいない寂しさを忘れられるかもしれない。


ユリウスと一緒だったので、晩餐会は緊張しながらも何とか無事に終わった。

問題は翌日の、王女たちとのお茶会の方だった。

アメリアはビーダイド王国の代表としてこの国を訪れているが、まだサルジュとは婚約しているだけなので、正式な王族の一員ではない。ただの地方貴族の令嬢が、他国の王女のお茶会に出席しなければならないのだ。

リリアーネは一緒にいてくれるが、侍女としてなので助言を求めることはできないだろう。

「大丈夫ですよ。ユリウス殿下が昨日の晩餐会で、アメリア様のことを自慢されていたと聞きましたよ」

不安になっているアメリアに、リリアーネがそう言ってくれた。

「それは……」

彼女は城に勤める侍女から、その話を聞いたらしい。

昨日の晩餐会で穀物の品種改良について尋ねられたユリウスは、新品種にも欠点があること。その欠点を補う魔法を開発したのが、アメリアであると説明したのだ。

もちろん、もともとの考案者はサルジュだと慌てて付け加えた。だがアメリアがその功績で王家に迎えることになったと説明され、それは否定できずに、ただ曖昧に笑うことしかできなかった。

「それほど優秀なアメリア様を、たかが身分のことなどで貶《おとし》める人はいませんよ」

第四王子のサルジュが植物学や土魔法を学び、グリーの品種改良に取り組んでいるのは、他国でもよく知られている。ユリウスはアメリアのことを、そのサルジュの公私ともに最高のパートナーだと語ってくれたのだ。

(少し恥ずかしかったけれど、でも嬉しかった……)

そうして。

アメリアが心配していたようなことは何も起こらず、リリアーネが言っていたように、王女たちはアメリアを温かく迎えてくれた。

だがその王女たちの中に、肝心のクロエの姿はなかった。

どうやら体調が悪くなり、急遽《きゅうきょ》欠席したらしい。

他の王女たちの焦《あせ》った様子から察するに、本当に直前に欠席すると連絡をしてきたようだ。申し訳ないと謝罪する王女たちに大丈夫だと微笑み、お見舞いの言葉を告げておく。

(どうしたらいいのかしら……)

一度、彼女と話がしたい。

そう思ったけれど、向こうが避けているのだからどうしようもない。その後の晩餐会にもパーティにも、彼女は一度も参加していなかった。

けれどその婚約については、ジャナキ国王とユリウスが話し合いを重ねていたらしく、今すぐに結論を出さないことになったと聞いた。

クロエは予定通りビーダイド王国に留学をして、学園を卒業するときに、正式に婚約をどうするのか決めることになったようだ。

ジャナキ王国としては、そのまま婚約者として送り出したかったのだろう。

けれど今はどんなに説得しても、クロエは頑なに考えを変えなかった。

こちらとしても、無理に婚約させるのは忍びないということで、保留という結果に落ち着いたらしい。

彼女はアメリアと同い年なので、魔法学園の二年生となる。卒業するまでには、まだ猶予がある。

その期間でビーダイド王国に馴染めたらそれで良い。

もし駄目なら、ジャナキ王国に帰っても良い。

結婚を嫌がっていたクロエに配慮したような形にはなっているが、学園に通う間はビーダイド王国の第二王子の婚約者ではなく、ジャナキ王国の王女として留学するという扱いになる。

だからもし彼女が何か問題を起こせば、その責任はジャナキ王国が負うことになる。

それでも急いで結論を出すよりも、この方がクロエのためにもよかったのではないかと思う。

こういった話を迅速に決められるのも、ユリウスが光魔法で遠く離れたビーダイド王国にいる国王陛下に話をすることができるからだ。

ユリウスは光魔法を使って、遠く離れた国王陛下に了承を得て話を進めていたようだ。

その光魔法のおかげで、遠く離れた場所に赴いても迅速に話を進めることができる。

「便利な魔法だけど、緊急時や外交に赴いた時にしか使っていない。やっぱり大切なことは、直接伝えたいからね」

「そうですね」

光魔法はたしかに強く、とても便利なものだが、だからこそ頼りすぎないように、王族はそれぞれ自分の選んだ属性魔法の方を重視しているようだ。

他の魔法とは比べ物にならないくらい強いと言われている光魔法だが、詳細は伝えられていない。王族のみが知る秘密もあるのだろう。

「とにかく、十日間大変だっただろう。あとは帰るだけだ。サルジュと同じ馬車でゆっくりと帰るといい」

「ですが、わたしはクロエ王女殿下の相手を……」

アメリアはクロエ王女の話し相手として選ばれたはずだ。それを放棄するわけにはいかない。

そう言ったが、ユリウスは状況が変わったから大丈夫だと言う。

「クロエ王女はジャナキ王国の王女として留学することになったから、護衛や侍女もすべて向こうの人間で揃《そろ》えることになった。その方が王女も落ち着くだろう。だから、アメリアはサルジュの相

手をしてやってくれ。データを山ほど持ち帰るつもりらしく、ひとりだと馬車の中でもずっとそれの解析をしていそうだ」

「……はい」

返答を少し戸惑ったのは、アメリアにもサルジュを止める自信がなかったからだ。むしろ彼に引き摺《ず》られてしまうかもしれない。

「……そうだな。リリアーネを同乗させよう。彼女ならきっと止めてくれるだろう」

ユリウスもそれを察したらしく、静かにそう言っていた。

申し訳なくなって、アメリアも俯く。

そんな事情もあって、帰りはリリアーネと一緒に、サルジュと同じ馬車に乗ることになった。護衛としてカイドが馬車に付き添ってくれる。

王家の馬車にはユリウスとマリーエが乗っていた。

その護衛には、ビーダイド王国の騎士がついている。

「アメリア、ようやく会えた」

まだ黒髪のままのサルジュは、そう言ってアメリアの手を握った。久しぶりに感じる彼の温《ぬく》もりに、胸が温かくなる。

「役目が違うとはいえ、こんなに会えないとは思わなかった」

「サルジュ様……」

思ってもみなかった言葉だった。

彼はこの国の冷害についてのことや、南の地方にしかない植物の研究に夢中だと思っていた。

（まさかサルジュ様も、会えないことを寂しいと思ってくれていたなんて）

アメリアは嬉しくなって、自然と笑顔になる。

「わたしも寂しかったです。でも、色々と勉強をすることができましたから」

初めての公務は、アメリアを成長させてくれた。きっとこれからの人生の役に立つことだろう。

「そうか。互いに得るものがあったのなら、よかった」

そしてサルジュは、アメリアがずっと嵌《は》めていた指輪に触れる。

「これは、これからもずっと身に着けていてほしい。アメリアを守ってくれるから」

「……はい。ありがとうございます」

アメリアは指輪を包み込むように抱きしめる。

彼の色を纏《まと》っていると、本当に守られているようで幸せな気持ちになった。

大切にしようと思う。

それからふたりはそれぞれ纏めた資料を広げ、互いの成果を報告し合った。ユリウスの命令で馬車に同乗したリリアーネは、まだ何も言わずに見守ってくれている。

「ジャナキ王国の案内をしてくれた方に聞いたのですが、ここ数年で穀物の値段はかなり値上がりしたそうです。収穫量が減っているのが原因のようですね」

「なるほど。具体的な値段は？」

「はい、こちらに。四、五年前と比べると、倍近くに値上がりしています」

「それほどか」

アメリアが調べた市場価格を手渡す。

サルジュはそれをじっくりと眺めたあと、手持ちの資料を取り出して見比べている。

「特に、五年前の収穫量が激減している。原因は……。これか」

彼が指し示したのは、ジャナキ王国の毎年の気温や天候を記録したものだった。

五年前の夏に大雨が降り、多くの穀物が収穫前に流されてしまったと記されていた。

「それからは夏になっても雨の日が多くなり、備蓄も尽きて、少しずつ値上がりをしていたようですね」

「災害から立ち直る時間もなかったということか。予想していたよりも深刻な状態だな」

サルジュは資料から目を離し、馬車の外を見つめた。

そこに広がる農地に植えられているのは、穀物ではなかった。成長が早く、冷害にも強い野菜などが多いようだ。

数年前はアメリアの領地のように、穀物畑が広がっていたに違いない。

ジャナキ王国は、数十年農業大国と呼ばれていた。質が良く、値段も安い穀物が大陸中で取引されていた。それが今はこんな状態である。

「それでもこの国の気温はまだ、ビーダイド王国よりは高い。今なら何とかできそうだ」

そう言って熱心に資料を読み始めたサルジュを見て、やはり彼は王族ではなく、研究者として生きているのだと思う。

国同士の利害関係など関係なく、目の前の課題に全力で取り組む。もちろん国益も大切だが、そこは王太子であるアレクシスをはじめ、ユリウスやエストがいる。

だからサルジュはこれでいい。

そしてそんな彼を、アメリアはこれからも全力で支えたいと願っている。

「雨が多くなるのは、毎年夏の終わりごろか」

あのわずか十日の滞在期間でどうやって、これだけの資料を集めたのか。

サルジュは馬車の座席に積み重ねた資料から該当のものを探し出し、そう呟く。

「はい。大雨によって氾濫になることも多く、収穫前の穀物が流されてしまうことが多いようです」

せっかく育った穀物も、そこで台無しになってしまう。だから別の野菜などを植えることが多くなったようだ。

「野菜なら収穫までの時間が早いので、被害に遭うこともないと聞きました」

だが主食になる穀物が、不作で値上がりを続けている。このままでは人々の生活にも大きな影響が出るかもしれない。

「今のジャナキ王国の天候なら、時期さえもう少し早ければ、問題なく収穫できるだろう。成長促進魔法が有効だろうが、すべての土地に土魔法をかけるのは現実的ではない」

サルジュがそう呟いた。

たしかに成長促進魔法をかければ、天候が崩れる前に収穫することができるかもしれない。

けれどジャナキ王国には、魔法を使える者がほとんどいない。ビーダイド王国でも希少な土魔法の魔導師など皆無だろう。

アメリアが開発した魔法水のように、成長促進魔法の効果を持つものを作ることはできないかと、ふと思いつく。

「サルジュ様。魔法水のようなものを作ることはできるのでしょうか？　土魔法ならば、肥料とか……」

虫害を防ぐための水魔法なので、水に付与して魔法水とした。

土魔法ならば、肥料のようなものに土魔法を付与すれば、与えた作物の成長を促進させることができるのではないか。アメリアはそう考えたのだ。

「土魔法の魔導師はとても少ないので、流通のことを考えるとあまり現実的ではないとは思いますが……」

「いや、肥料という形なら一度に大量に魔法を付与できる。それに、他国にも販売しやすい」

サルジュは深く頷き、笑みを浮かべる。

「実験とデータ収集が必要となるが、試してみる価値はある。さっそく帰国したら実験してみよう」

「はい」

役に立ててよかったと、アメリアも安堵する。

「これでまた、アメリアの功績が増える」

サルジュが嬉しそうにそう言ったのを聞いて、慌てて否定した。

「いいえ、サルジュ様、今回わたしは何も……。土魔法も使えませんし」

そう言ったが、彼は聞き入れてくれない。

「考案したのはアメリアだから、間違いなく君の功績だ。過去に自分の足で農地を回った君でなければ、思いつかないことも多いだろう。でもまだこれが完成するかどうかわからないから、これからも協力してほしい」

「はい、もちろんです」

それに関しては、否定するつもりもない。アメリアは力強く頷いた。

こうして彼の研究を一番傍で手伝えることが、幸せなのだ。

それからサルジュは土魔法について考え出したらしく、資料を見つめたまま何も語らなくなった。

だからアメリアも、自分で集めてきたデータをまとめることにした。

沈黙が続く。

でも心地良い空間だった。

この大切な時間を失わないように、もっと励もう。そう決意したアメリアも、いつしか自分の仕事に熱中していた。

「アメリア様」

ふと柔らかな声で名前を呼ばれて顔を上げる。

いつの間にか馬車は停止していて、傍にいたリリアーネが声を掛けてくれたようだ。

今夜泊まる場所に到着していたらしい。

「ごめんなさい。気が付かなくて」

慌てて資料をまとめて、サルジュにも声を掛ける。

「サルジュ様、馬車が到着したようです」

アメリアの声に、彼もようやく顔を上げた。

「そうか。では続きは中で」

リリアーネとカイドに付き添われて、今夜の宿に向かう。

「サルジュ殿下、アメリア様。どうぞ建物の中に。お部屋の準備は整っております。夕食はお部屋で取られますか？」

「ああ、そうする。カイド、資料を部屋に持ってきてくれ」

「承知しました」

大量の資料を手にしたカイドと、傍に付き従ってくれるリリアーネに連れられて、アメリアも建物の中に入る。

今日宿泊するのは、大きな町にある高級宿である。

ここまではジャナキ王国の貴族に屋敷に招待されることもあったが、今回はルートの関係で宿を選んだようだ。もちろん貸し切りで、他の宿泊客はいない。

クロエ王女も宿泊するようだが、彼女は自分の侍女を連れて部屋にこもっているらしい。

アメリアの部屋は、リリアーネとマリーエと三人一緒の部屋になった。本当はひとり一部屋ずつ用意するはずだったようだ。

でもマリーエは以前、友人とのお泊まり会にずっと憧れがあったと言っていた。

今のアメリアは王城に住んでいるので叶《かな》わないと諦めていたようだが、せっかくの機会だからと、ユリウスが三人を同じ部屋にしてくれたのだ。

「広い部屋に大きなベッドがひとつ。ここで、三人一緒に寝るのよ」

マリーエは嬉しそうに、理想通りの部屋だと語った。

ユリウスに随分事細やかに憧れを語っていたらしく、彼はマリーエの言う通りに部屋を用意してくれたようだ。

「これならアメリア様も、徹夜で資料を制作したりできませんね」

リリアーネもそう言って、楽しそうだ。

たしかにこれほど楽しみにしているマリーエの前で、資料を取り出すことはできなかった。

夕食を部屋に運んでもらい、ゆっくりと食事をしたあとは、お茶とお菓子でお喋《しゃべ》りを楽しむ。

「サルジュ殿下はずっとデータ収集をしていたし、向こうの研究者にも熱心に質問をしていて。まだ若いのに有望ですね、と言われていたわ」

マリーエが使節団として一緒に行動していたときの、サルジュの様子を話してくれた。彼は誰よりも熱心な学生とみられていたようだ。

「作物や野菜の種や苗も、たくさん購入されていたから、帰ったらアメリアも忙しいでしょうね」

「そうね。でも馬車の中から眺めるばかりで、きちんと見られなかったから」

どんな作物だろうと考えると、楽しみで仕方がない。

アメリアがそう思っていることが伝わったのか、マリーエは少し複雑そうな顔をする。

「ユリウス様がよくおっしゃる、アメリアも向こう側の人間という言葉の意味が、ようやくわかった気がするわ」

「そうですね。アメリア様もサルジュ殿下と同じで、止められる側の人間ですから」

「そんなことは……」

ないとはっきり言えないのが、少し悲しい。

「でもアメリアはサルジュ殿下のために、頑張ってこちら側に留まろうとしているわ。そのことを、もう少し理解してくださればいいのに」

マリーエの言葉に、アメリアは静かに首を振る。

「いいの。だってわたしは、研究に打ち込んでいるサルジュ様の姿がとても好きだから」

そんなサルジュの傍にいられるのも、自分だけの特権だ。

誰にも譲るつもりはない。

「そうね。ふふ、恋話なんてお泊まり会っぽくて、素敵じゃない？」

優しい顔でアメリアを見つめたマリーエは、そう言って目を輝かせる。

「わたくしもユリウス様の、身内にはとても優しいのに、敵には厳しくて容赦しないところが素敵だと思っているわ。そんな方に優しくしていただくと、自分が特別だって思えるでしょう？」

「カイドも普段はあんな感じですが、剣を持つと人が変わります。それは素晴らしい腕前で」

それぞれ婚約者の好きなところを話し、同意したりからかったりして、楽しく過ごす。

後から何度も思い返して微笑んでしまうような、楽しい夜だった。

それからは、宿に泊まる度に三人一緒の部屋にしてもらい、お泊まり会と称して楽しい時間を過ごした。

「王都に戻ったら、今度はミィーナさんも交えて集まれたらいいのに」

ずっと友人とお泊まり会をしてみたかったと言っていたマリーエは、過ぎていく時間を惜しむように、そう告げる。

その言葉に、リリアーネも賛同した。

「そうですね。アメリア様にはもう少し休息が必要です。まだ学生なのですから、もっと学園生活を楽しまれた方がいいかと」

たしかに三人で過ごす夜はとても楽しかった。ここにミィーナが加われば、もっと楽しいだろう。

ふたりの視線を受けてアメリアも頷いた。

「うん、そうね。今度は四人で集まりましょう。また一緒にお菓子を作るのもいいかもしれない」

そう答えると、マリーエが大きく頷く。

「素敵だわ。今度は何がいいかしら?」

「わたくしたちでも作れるお菓子はないか、カイドに聞いてみますね」

楽しみだと、三人で笑い合う。

こうしてビーダイド王国に戻ったらマリーエの屋敷で、みんなでお泊まり会をすることになった。

リリアーネが一緒にいてくれるから、警備の心配もないはずだ。

「昼にみんなでお菓子を作って、夜はお泊まり会で恋話をしましょう。そうだわ、みんなで眠れる大きなベッドを注文しなくては」

「え、ベッドを？」

わざわざ買わなくてもと思ったが、マリーエはお泊まり会には並々ならぬ情熱があるらしい。

（それにしても、四人でも眠れるベッドって、どのくらいの大きさになるのかしら……）

楽しそうなマリーエと、そんな彼女を見守るリリアーネの優しい瞳を見つめながら、アメリアは思う。

いつかこの中に、クロエが加わる日は来るだろうか。

第三章 誘拐未遂

それは、ジャナキ王国からソリナ王国に入ってすぐのことだった。

今夜泊まる宿に入り、いつものように三人の部屋に向かおうとしていたアメリアは、サルジュから借りた資料を持ってきてしまったことに気が付いた。

これがないと、彼が困ってしまうかもしれない。

「ごめんなさい。これをサルジュ様に返してくるわ」

随分と資料を広げていたから、サルジュはまだ馬車に残っているだろう。

「同行いたしますか？」

「ううん。すぐ近くだし、マリーエをお願い」

サルジュと一緒に護衛騎士のカイドもいるだろうからと、アメリアはリリアーネの申し出を断り、ひとりで引き返した。

まだ宿に入ったばかりだったので、すぐに建物の外に出る。

この宿は貴族などが宿泊する高級宿で、大きな建物の前には広い庭があった。門前に止まっている馬車まで行くには、その庭を歩いて行かなくてはならない。

それでも様々な種類の花が咲き乱れる道を歩くのは、とても心地良い。

以前はよく農地を歩いていたのに、王都に来てからそういう機会もなくなってしまったと、ふと思う。

たまには、こうして歩いたほうがいいのかもしれない。

(あれは……)

その途中でアメリアは、建物の影に隠れて寄り添い合う人影を見た。

この宿は貸し切りのはずで、他の宿泊客がいるとは思えない。不思議に思ってよく見てみると、女性は背が高く、茶色の髪をしているようだ。

(まさか、クロエ王女殿下?)

クロエらしき女性は、彼女よりもさらに背の高い男性としっかりと抱き合っていた。その衝撃的な光景に思わず足を止める。

すると、女性の声が聞こえてきた。

「ねえ、アイロス。ジャナキ王国を出たら、私と一緒に逃げてくれるって言っていたじゃない。もうここはソリナ王国よ。今夜、駆け落ちしましょう?」

甘えるような声で紡がれた言葉に、アメリアは息を呑《の》む。

(駆け落ち……)

一年前。

かつての婚約者リースが、浮気をした相手と駆け落ちしたことを思い出す。

クロエもジャナキ王国さえ出てしまえばどうにでもなると、恋人と駆け落ちをするつもりだった

のか。

けれど当初の予定とは違い、クロエはジャナキ王国の王女としてビーダイド王国に留学することになった。もしクロエが姿を消してしまえば、ジャナキ王国の有責で婚約は解消となる。それは両国の友好関係にも影響があることだと、クロエは理解しているのだろうか。

（駄目よ……。そんなことになったら）

アメリアは思わずふたりに駆け寄ろうとした。

そうなったら、大変なことになってしまう。

クロエが学園を卒業すれば、そこでまた婚約について話し合いを持つことになっている。それまで一年半ほど我慢すれば、円満に婚約を解消できる。わざわざ両国の関係を壊すような、駆け落ちなどという手段を取ってはならない。

それに、アメリアは知っている。

駆け落ちなどしても、最後には悲惨な結果になってしまうことを。

あのリースとセイラのように。

けれど人の気配を感じたのか、クロエを腕に抱いていた男が鋭い視線をアメリアに向けた。そして腕の中の彼女を庇《かば》うようにして、素早く立ち去っていく。

「あ、待って……」

思わず声を掛けるが、もうふたりの姿は消えていた。

後から問いただしても、そんなことはしていないと言い切られてしまえば、どうしようもない。

ここはユリウスかサルジュに、今見たことを話すべきか。

そう思ったのに、アメリアはその場に立ち尽くしたまま動けずにいた。

隠れて愛を囁《ささや》き合うふたり。

駆け落ちをしようと語っていたふたりの姿に、かつての婚約者の姿を鮮明に思い出してしまう。

(もう忘れたと思っていたのに……)

リースの裏切りによって傷ついた心は、まだ完全に癒やしきれていなかったようだ。

「……サルジュ様」

思わずそう呟《つぶや》くと、遠くから応える声がした。

「アメリア?」

顔を上げると、サルジュがまっすぐにこちらに向かって歩いてきていた。後ろに資料を持ったカイドがいるので、ようやく馬車から降りてきたのだろう。

「気分が悪いのか?　顔色があまり良くない」

差し伸べられた手を、しっかりと握る。

伝わってくる彼の温もりが、少しずつアメリアの気持ちを落ち着かせてくれた。

「何かあったのか?」

震えていることに気が付いたのか、サルジュの声が固くなる。

「申し訳ございません、サルジュ様。昔のことを思い出していました」

「昔を?」

「はい。ジャナキ王国はベルツ帝国に近かったから、昔のことを色々と思い出してしまって」

何とかそう答えると、サルジュはアメリアを支えてくれた。

「少し休んだ方がいい。ひどい顔色だ。部屋まで連れて行こう」

「あっ」

ふわりと体が浮き上がったかと思うと、アメリアはもうサルジュに抱きかかえられていた。

「サルジュ様、わたしは重いので……」

暴れたら危ないと思い、小さな声で抗議することしかできない。

「大丈夫だ。アメリアくらい、私でも簡単に持ち上げられる。それよりも、本当に大丈夫か？」

心配そうに尋ねられて、何と答えたらいいのかわからずに俯《うつむ》いた。

どう答えたらいいのだろう。

ここでアメリアが見たことを正直に話せば、クロエはただちに恋人と引き裂かれ、国に戻されてしまうに違いない。

その前に、彼女と話すことはできないだろうか。

学園を卒業するまで待てば国の状況も変わり、円満に婚約を解消して、恋人と一緒になれる未来もあるかもしれない。だから、思いとどまるように話をしたい。

「具合が悪いようだね。すぐに部屋に連れて行くよ」

何も答えられないアメリアを見て、サルジュはよほど体調が悪いのかと思ったようだ。カイドにアメリアの部屋を用意するように指示する。

「すまない。これまで少し無理をさせてしまったのかもしれない」

サルジュは馬車の中でもずっと、ジャナキ王国から持ち帰ったデータや、新しい土魔法について考案していた。アメリアもずっと一緒に作業していたから、そのせいで体調を崩してしまったのではないか。サルジュはそう思ったようだ。

「いいえ、わたしは大丈夫です」

アメリアは彼の腕に抱かれていたことも忘れて、何度も首を振る。

「その、本当に昔のことを思い出してしまって。それで少し気分が悪くなってしまっただけです」

サルジュに付き合ったから具合が悪くなったわけではない。その誤解だけは解きたくて、必死に否定する。

サルジュは少しほっとしたような、それでもまだアメリアが過去に悩まされていることが痛ましいような顔をして、アメリアの髪に頬を寄せる。

「きっと疲れているからだ。だから、過去のことを思い出してしまったのだろう。ゆっくりと休めばいい。そうすれば、嫌なことも忘れられる」

「……はい」

アメリアは静かに頷《うなず》いた。

サルジュはそのまま、アメリアを部屋まで連れて行ってくれた。

「今日はここでゆっくりと休んだ方がいい。私もこの近くにいるから、何かあったらすぐに駆け付ける」

「はい。ありがとうございます」

そのあとリリアーネとマリーエが、心配して様子を見に来てくれた。ひとりで戻らせてしまったことを詫《わ》びるふたりに、大丈夫だと笑ってみせる。

「ごめんなさい。少し寝不足だったみたい。一晩休めば、すぐによくなるわ」

その明るい声と表情に、ふたりもほっとした顔をしていた。

「そうね。あなたもサルジュ殿下も、少し根を詰めすぎているわ。まだ帰路の途中なのだから」

それでもまだ心配そうなマリーエは、今日はゆっくりと休むようにと告げた。

「うん、ありがとう。資料も本もすべて取り上げられてしまったから、今日はおとなしく寝ることにするわ」

そう言ってふたりを見送る。まだビーダイド王国に帰るまでは日にちがある。今度こそ三人で泊まろうと約束した。

ひとりになってから、アメリアは改めて先ほど見たクロエのことを考えた。

(駆け落ちなんてしても、絶対に幸せにはなれない。わたしはそれを、あの人たちに伝えなければ)

もしかしたら今夜のうちに駆け落ちしてしまうかもしれない。その前に、何とかしてクロエと話さなくてはならない。

それでも彼女に会いに行くには、もう少し時間が遅くなってからの方がいいだろう。周囲にはまだ大勢の人がいる。そう思ったアメリアは、少しだけ休むことにした。

けれど思っていたよりもぐっすりと眠ってしまい、目が覚めたときには、窓の外はすっかり暗くなっていた。

寝過ごしてしまったかと焦《あせ》って部屋の外の様子を窺《うかが》うが、周囲は静かだった。

もしクロエ王女がいなくなっていたら、もっと大騒ぎになっているだろう。それを考えると、まだクロエは部屋にいるだろう。

暗くなったといっても、真夜中には遠い。

駆け落ちをするにしても、もう少し寝静まってからだと思われる。

（どこから逃げるつもりなのかしら……）

この宿は貸し切りなので、部屋の前で警備兵が見張っているということはない。けれど門や裏口には夜通し見張りがいるはずだ。あのふたりが駆け落ちしようとしても、上手《うま》くいくとは思えない。

（まさか協力者がいるとか？）

たとえクロエがそう望んでいたとしても、王女をさらったりしたら大罪だ。きっと協力者も同罪に違いない。それでもなお、ふたりに協力している者がいるのだろうか。

（とにかく、クロエ王女に会って話をしないと）

そう思って部屋を出ようとしていたアメリアは、ふと指輪が目に入って立ち止まった。

サルジュからもらった大切なその指輪を、そっとなぞる。

（隠し事をした上に、あんなに心配していただいて……。駄目だわ。ちゃんとサルジュ様にお話ししよう）

今からでも彼に事情を話して、どうしたらいいのか聞くべきではないか。きっとサルジュなら、良い方法を考えてくれる。

アメリアはそう思い直して、行く先を変える。

サルジュは夜遅くまで起きているだろうし、カイドも傍にいるに違いない。

建物の外に人の気配はあるが、廊下には誰もいなかった。美しく磨かれた廊下の床を照らすように、ほのかな光が灯《とも》されている。

部屋に連れて来てくれたサルジュは、自分もこの近くにいると言っていた。

すぐ隣の部屋は明かりもなく暗かったから、きっと彼の部屋ではないだろう。だから、もうひとつ隣の部屋かもしれない。

サルジュの部屋であろう場所を目指しながら歩いていたアメリアは、何気なく視線を通路に向けた。

「！」

驚いて思わず足を止めたのは、そこに人影が潜んでいたからだ。

廊下を照らし出している明かりから身を隠して、息を押し殺している。暗がりでよく見えないが、シルエットから察するに細身の女性のようだ。

「……まさか、クロエ王女殿下？」

そう声を掛けたのは、彼女が駆け落ちすると聞いていたからだ。そうではなくては、暗がりに潜んでいるような人物に声を掛けたりしない。

隠れていた人物はびくりと体を震わせて逃げようとする。

「待ってください。少しわたしの話を聞いてください」

このまま逃がしてしまったら大変だと、アメリアは慌てて彼女に声を掛けた。

「あなたと話すことなんて、何もないわ」

そう言いながらも焦った様子で周囲を見渡しているのは、やはり駆け落ち相手と待ち合わせをしているからだろう。

このまま行かせるわけにはいかないと、アメリアは先ほど見たことを口にした。

「恋人と待ち合わせですか？」

そう言うと、彼女はびくりと体を震わせる。けれど認めるわけにはいかないと思ったのか、激しく首を横に振った。

「そんなはずがないでしょう？　少し歩いていただけよ」

「王女殿下をおひとりで歩かせるわけにはいきません。お部屋までお送りします」

「嫌よ。部屋には戻らないわ」

何とか人目につかないように逃げてきたのだろう。必死な様子の彼女に、それならばと提案する。

「わたしの部屋で少しお話をしませんか？　もしそれもお嫌だと言うのなら、警備兵を呼んでお部屋まで送り届けてもらうことになります」

アメリアがそう言うと、クロエは唇を嚙《か》んで目を逸《そ》らした。

それでも警備兵を呼ばれるよりは良いと思ったのか、素直にアメリアの後に付いてきた。やはりクロエは世間知らずの王女様だ。

恋人を名乗る男に騙《だま》されている可能性もあるのではないかと思う。

アメリアは先ほど出たばかりの自分の部屋に戻ると、クロエを招き入れた。広い部屋には応接セットもあり、侍女がお茶を淹《い》れたりできるように、簡単な調理場もある。

クロエをソファに座らせ、アメリアも向かい側に座った。

(どうしよう……)

勢いでクロエを部屋まで連れて来たものの、アメリアも少し困惑していた。

サルジュにすべてを話して、どうしたらいいのか相談しようと思っていた矢先に、まさか彼女に遭遇するとは思わなかった。このまま駆け落ちされてしまうわけにはいかないと、慌てて彼女を連れ帰ったものの、どう話をしたらいいのかわからない。

それでも何とか彼女を説得して、思いとどまらせなければ。

アメリアは必死に考えを巡らせて、クロエに話しかけた。

「クロエ王女殿下の恋人は、アロイス、というお名前なのでしょうか」

あまり長く沈黙していては、いらぬ緊張感を招いてしまう。だからアメリアは、単刀直入にそう切り出した。

クロエはそれを聞くと、びくりと体を震わせた。

「どうして、あなたがそれを」

「ここに着いたばかりのとき、殿下と恋人が抱き合っているところを見てしまったのです。そのとき、会話も聞こえてきました」

「……っ」

そこで恋人と何を語ったのか、思い出したのだろう。

クロエの顔がさっと青ざめる。

「人の話を、勝手に盗み聞きするなんて」

「申し訳ありません。ですが、聞こえてしまったのです。ですがわたしのすぐ後にも、宿に入る予定の方がいました。もしあの方に見つかってしまっていたら、もっと大変なことになっていたかと思います」

あの後、最後まで残っていたサルジュが宿に入る予定だった。サルジュとカイドがあのふたりの姿を目撃していたら、大騒ぎになっていたことだろう。

アメリアはクロエを刺激しないように、静かに諭すように状況を告げた。

「アロイスがあなたに気が付いた？　そんなこと知らない。彼は何も言っていなかったわ」

アメリアを睨《にら》んでいたクロエが、その言葉で急に狼狽《うろた》える。

彼女は本当に知らなかったのだろう。

「本当です。彼は確実にわたしを見て、殿下を連れて逃げました。それよりも、彼の位置からはまだ停まっている馬車が見えたはずです。まだ宿に入っていない人がいると知っていて、あのような場所にいたのでしょうか」

誰かに見られても構わない。

そう思っていたような気がする。

クロエの恋人のアロイスという男性は、彼女を守ろうとしていない。そう考えると、あまり信用できる人物ではなさそうだ。

アメリアは、すっかり困惑しているクロエを見た。

「どうして駆け落ちなどしようと思ったのですか？」

動揺している彼女を落ち着かせるように、優しく声を掛ける。

「クロエ王女殿下は婚約こそ白紙にしておりませんが、エスト王子殿下の婚約者としてではなく、ジャナキ王国の第四王女として留学すると決まったはずです。もし留学期間が終われば、穏便に婚約を白紙に戻すこともできます。それなのに、駆け落ちなどしてしまったら、大変なことになりますよ」

「……だって、アロイスが。このままビーダイド王国に行ってしまえば、もう二度と祖国には帰れないと言うから」

やはり彼がそう言ったようだ。

「それは違います」

アメリアはあのとき垣間見た男性の姿を思い出しながら、その言葉を否定する。

背が高く、それなりに鍛えられた体をしていた。

あの国では好まれる艶やかな黒髪に、琥珀色《こはくいろ》の瞳。

クロエには穏やかな笑みを向けていたが、アメリアに気が付いてこちらに向けた視線は、ぞくりとするほど鋭かった。

「ビーダイド王国の国王陛下もエスト王子殿下も、結婚を強要することはありません。そこまでする理由がビーダイド王国にはありませんから」

失礼な物言いになってしまうが、クロエにはきちんと理解してもらいたくて、あえてそう言った。

たしかにクロエはエストの婚約者だが、どうしても彼女でなければならない理由は、エストにもビーダイド王国にもないのだ。

クロエはせわしなく視線を動かす。

「でもアロイスがそう言っていたから……」

いくらクロエが世間知らずの王女とはいえ、あまりにも彼を信じすぎていることに、アメリアは違和感を覚えた。

「彼とは、どこで出会ったのですか？」

そう尋ねると、クロエは何か言おうとして口を開き、けれど何も言わずにそのまま俯いた。

「クロエ王女殿下？」

不安そうな顔に、思わず手を差し伸べる。

「彼は、私の護衛騎士だったはず。……ううん、私の護衛は違う人だわ。アロイスは……」

クロエは泣き出しそうな顔になって、覚えていないと小さく呟いた。

自分の記憶を辿《たど》り、何か違和感があったようだ。

「そもそもこの婚約は、お父様がビーダイド王国に懇願したもの。私も、光魔法を持つ王子に嫁げる他国の王女は私ひとりだけだと、この結婚を誇りに思っていたはず。それなのにどうして、こんなことに？」

その話を聞いたアメリアも、ひどく困惑した。

クロエはアロイスとの出会いを覚えていない。あれほど親密そうに抱き合い、駆け落ちがしたいとまで言っていたのに、そんなことはあり得るのか。

（出会いを覚えていないなんて、普通ならそんなことはあり得ないわ）

それが、ビーダイド王国に嫁ぐことが決まっているクロエだということが気にかかる。

もしかしたら彼女は、誰かに利用されているのではないか。

（あのアロイスが、そうだとしたら……）

駆け落ちは、クロエの意志ではないことになる。

「クロエ王女殿下」

アメリアは彼女の目をまっすぐに見て、そう問いかける。

「彼は本当に、あなたの恋人でしょうか？」

その問いに、クロエは不安そうな顔をしてアメリアを見る。

「そう信じていたわ。アロイスと一緒に生きられるのなら、すべてを捨てても構わないとさえ思っていた」

そう答えながらも、その声は震えていた。

不安定で今にも消えてしまいそうな恋心を、必死に繋《つな》ぎとめようとしている様子が痛ましい。

「でも、そんな大切なアロイスとの出会いを、どうして私は覚えていないの？」

そう言って俯くクロエの手を、アメリアはそっと握りしめた。

愛する人の記憶が消える。

それは想像するだけで恐ろしいことだ。

もし誰かが彼女の記憶や意識を操作していたとしても、クロエにとっては本当の感情であり、恋だと思っていたはず。それも、一緒に生きられないのならば、すべてを捨てて逃げようとしていたほどの恋だ。

それを思うと、彼女を利用しようとしたあの男性に怒りを覚える。同時に、クロエをあの場で保護できて本当によかったと安堵《あんど》した。

「彼のことをどこまで覚えているのか、伺ってもよろしいですか?」

気遣うように尋ねると、クロエは縋《すが》るようにアメリアの手を握り、こくりと頷いた。

「出会ったときのことは、まったく覚えていないわ。気が付いたらアロイスを愛していた。彼に、私には婚約者がいるから一緒にはなれないと言われて悲しくて。あなたと生きるために、絶対に他国になんか嫁がないと告げたことを覚えている」

「それは、殿下の本心でしたか?」

「……わからない」

クロエは静かに首を振った。

「そう思っていたけれど、今になると本当に私の本心だったのか、わからないの。でも……」

そう言って、過去を思い出すように目を細めた。

「この婚約が決まったとき、お父様にビーダイド王国は今まで他国の王族を受け入れたことがない。だから光の王子に嫁げるのは私が初めてだと言われて、とても誇らしく思ったことを覚えているわ。でも、アロイスを愛したのも本当の気持ちだと信じていた。私は、どうしたら……」

本来のクロエは家族に愛され、甘やかされながらも、きちんと自分の役目を果たそうとしていた。

それを誰かに捻《ね》じ曲げられ、こんな状況に陥ってしまったのか。

しかもそのアロイスが、クロエを使ってビーダイド王国とジャナキ王国の間がこじれることを望んでいるのだとしたら。

（ユリウス様やサルジュ様に真相を話さないと）

クロエの状況を話して、これからどうするのか相談しなければ。

遅くなってしまったが、彼らにすべてを報告しよう。そう思い、彼女の手を引いて立ち上がる。

「ユリウス様のところに行きましょう」

「え？　でも……」

クロエは戸惑っている。

たしかに駆け落ちしようとしたことを、彼に知られるのは恐ろしいのかもしれない。でも今の状況を知れば、ユリウスはきっとクロエを守ってくれる。

だから大丈夫だと説得すると、彼女も今の状態で恋人だと思い込んでいたアロイスに会うのが怖いのか、戸惑いながらも頷いてくれた。

（まずサルジュ様に事情を話して謝って、一緒にユリウス様のところに行ってもらおう）

ユリウスがどこにいるのかわからない以上、クロエを連れて歩き回るのは危険だ。きっとアロイスは、姿が見えなくなったクロエを探している。状況から判断するに、何かを企んでいるようだ。きっと執拗《しつよう》に、彼女を探し出そうとするだろう。

クロエにサルジュの存在を知られてしまうことになるが、いずれビーダイド王国に戻ればわかってしまうことだ。

アメリアは周囲を警戒しながら外に出た。

クロエの手を握りしめたまま、サルジュの部屋を目指す。

そこにはきっとカイドもいる。

クロエを守ってくれるに違いない。

仄《ほの》かな光に照らされた廊下を、クロエの手を引いたまま必死に歩く。

本当は走り出したいほどだが、王女を引っ張って走るわけにはいかない。

しばらく歩くと、目指す部屋が見えてきた。

あの部屋に逃げ込めば安全だ。

（サルジュ様……）

愛しい人の姿を思い浮かべて、ほっと息を吐いた瞬間。

まさに先ほどまでクロエが潜んでいた場所から人影が出てきた。

「！」

その人影に腕を強く引かれて、彼女を巻き添えにしないように、咄嗟《とっさ》に繋《つな》いでいたクロエの手を放した。

アメリアを捕まえたのは、背の高い男性だった。

背後から拘束されていて振り返ることはできないが、間違いなくクロエの恋人だと思っていたアロイスに違いない。

「……アロイス」

クロエが震える声で、彼の名前を呼ぶ。

「ああ、クロエ。やっと見つけた。こんなところにいたんだね」

アロイスはアメリアを捕えたまま、そう言って彼女に微笑みかけているようだ。

「でも洗脳が解けかけているね。まぁ、こんなものか。でも君はもういいかな。彼女の方が役立ちそうだ」

「え？」

それを聞いて、アメリアは思わず声を上げていた。彼は魔導師で、クロエに魔法を掛けて恋人に成りすましたのか。けれど人の心を操る魔法など聞いたことがない。

「そんな魔法があるなんて」

「正確には、魔法とは少し違うかもしれない。俺は魔導師のなり損ないだから。普通の属性魔法は使えないが、人の記憶や意識を少しだけ操作することができる。だが、さすがにビーダイド王国の人間には無理だった。たとえ侍女や護衛であっても、さすがに他の国とは魔力が桁違いだ」

その侍女は女性騎士であるリリアーネであり、護衛は騎士団に所属しているカイドである。騎士団に所属している彼らの魔力が多いのは当然だ。

けれど相手の魔力が低い場合しか使えないと考えても、彼の使う「魔法のようなもの」は危険すぎる。

(早く、このことをサルジュ様に伝えないと)

何とか彼の拘束から逃れようとするが、アメリアよりもかなり大きな手は、けっして放してはくれない。

「アメリア・レニア伯爵令嬢。土魔法と植物学の権威であるサルジュ王子の婚約者で彼の右腕だ。君を帝国に連れて行けば、ベルツ帝国のために役立つだろう」

アロイスは昏《くら》く沈んだ声で、嬉《うれ》しそうに言う。

その言葉にぞくりとした。

アロイスはアメリアを、あのベルツ帝国に連れて行こうとしている。

「嫌よ、放して!」

拘束から逃れようとして暴れたが、小柄なアメリアでは彼から逃れることはできなかった。

「アロイス、待って」

クロエが何とかアロイスを止めようと縋《すが》ったが、彼は無情にもクロエを突き飛ばし、そのままアメリアを連れ去ろうとした。

駆け落ちをしようとしていたくらいだ。ここから抜け出す準備は整えているのだろう。

「サルジュ様!」

咄嗟に彼の名前を呼んで、贈り物の指輪に触れる。

その瞬間に感じた、ふわりとした浮遊感。

アメリアの体はアロイスから引き離されて、光に包まれていく。

その光は、サルジュから貰《もら》った指輪から放たれていたから、恐怖は感じなかった。ただ目を閉じて、その光に身を委ねていく。

「……っ」

光が視界を埋め尽くした。

一瞬、意識が飛んでいたようだ。

ふと気が付くと、アメリアは地面に倒れていた。

誰かにしっかりと抱きしめられている。

けれど、あの男の腕ではない。

むしろ誰よりも馴染《なじ》み、恋しく思っていたものだ。

アメリアは、サルジュの腕にしっかりと抱かれていた。

彼は目を閉じたままで、アメリアは慌てて彼の名を呼んだ。

「サルジュ様！」

その呼びかけに答えるように、サルジュはゆっくりと目を開ける。彼はアメリアが自分の腕の中にいることを確認して、安堵したようだ。

「よかった、間に合った」

「サルジュ様、これはいったい……」

アメリアは、自分の指に嵌《は》められた指輪を見つめる。

この指輪が光って、助けてくれたように思えた。

不思議そうに指輪を見つめるアメリアに、サルジュは説明してくれた。

「アメリアに渡していたのはただの指輪ではなく、私が作った魔導具だ。アメリアに危機が訪れると、それがわかるようになっている。魔導具が発動したので緊急事態だと思い、すぐにアメリアのところに移動したのだが……」

サルジュはゆっくりと起き上がり、左右を見渡した。アメリアも彼にしがみつきながら、周囲に視線を走らせる。

「ここは……」

そこには、今まで一度も見たことのない光景が広がっていた。

乾いた大地。

照りつける強い太陽。

気温が高く、じっとしているだけで汗が滲《にじ》んでいく。

おそらく少し前に滞在していたジャナキ王国よりも気温が高いだろう。冷害に悩まされていた国と同じ大陸だとは思えない。

かなり南方に移動したことは間違いないだろう。

「サルジュ様、ここは……」

「魔導具が発動した瞬間に移動魔法を使ってしまったせいで、どこかに飛ばされてしまったようだ」

アメリアの危機に、とっさに魔法を使ってしまったとサルジュは言う。

「危機的状況だったとはいえ、もう少し状況を見極めるべきだった。すまない」

「いえ、そんなこと！」

サルジュの謝罪に、アメリアは首を大きく横に振る。

「もとはと言えば、わたしがサルジュ様に相談せずに勝手に動いてしまったからです。この状況はわたしのせいです」

必死にそう言うアメリアを、サルジュは抱き寄せた。

「サルジュ様？」

「……無事で、よかった」

背中に感じる温もりに、もう少しで連れ去られるところだったことを思い出して、恐怖に震える。

そんなアメリアを、サルジュはずっと抱きしめてくれた。

第四章

砂礫の国

「そういえば、カイドもいるはずだ」

アメリアが落ち着いたあとに、サルジュはそう言って周囲を見渡す。

「え、本当ですか？」

「ああ。移動魔法を使おうとしたとき、咄嗟《とっさ》に腕を摑《つか》まれたから、一緒に移動させてしまった。探してみよう」

そう言って周囲を歩き回ってみると、しばらくして彼の姿を見つけることができた。

カイドは随分遠くまで飛ばされてしまったようで、サルジュとアメリアの姿を求めて砂漠を歩き回っていたようだ。

「ああ、よかった……」

彼はふたりを見つけた途端、安堵《あんど》したのか膝をついている。

「サルジュ殿下。魔法を使おうとしていらしたので咄嗟に手を出してしまいましたが、どんな状況なのでしょうか」

「それは……」

サルジュはそんなカイドに、アメリアが連れ去られそうになったこと。

彼女に渡していた魔導具が発動し、サルジュがアメリアの傍に転移したこと。咄嗟にサルジュに手を伸ばしたカイドが巻き込まれたことを説明していた。

「巻き込まれたというか、むしろ置いて行かれたら困ります。ところで、アメリア様をさらおうとしたのは誰ですか？」

カイドの問いに、アメリアはすべてを話すことにした。

「実は、宿に入ったばかりのとき、クロエ王女殿下が恋人と抱き合っているところを見てしまって。ふたりは、駆け落ちの相談をしていたのです」

「駆け落ち？」

そう問い返したサルジュに、こくりと頷《うなず》く。

「クロエ王女は、そんなことまで」

「それが、彼女の意思ではなかったようです」

アメリアはクロエとの話をすべてサルジュに打ち明けた。

「その記憶や意識を操作する『魔法のようなもの』で、クロエ王女はその男を恋人だと思い込まされていたのか」

「はい。記憶は混濁しておりましたが、ジャナキ王国の王女として、エスト様との婚約を喜んで受け入れたことを覚えている、と」

「……そうか」

アメリアの言葉に、サルジュは頷いた。

「その男は、何者なのでしょうか」

カイドの言葉に答えたのはアメリアだ。

「彼は、わたしをベルツ帝国に連れて行くと言っていました。おそらく、帝国の人間かと思います」

「ベルツ帝国に？」

それを聞いたサルジュが、アメリアの手を握る。

「そんなことはさせない。それに、その『魔法のようなもの』が何なのか気になるところだ。彼は他に何か言っていたか？」

「たしか、自分のことも魔導師のなり損ないだと。属性魔法は使えないと言っていました」

「なり損ない……」

サルジュはそう呟《つぶや》き、深く考え込んでしまう。

「サルジュ殿下。とにかく、ここがどこか把握しないことには」

周囲を警戒しながら、カイドがそう言う。

「おそらくそのアロイスが、アメリアを連れ去ろうとしていたベルツ帝国だろう」

「ベルツ帝国、ですか？」

「そうだ。この気温に、乾いた大地。それに何より……」

サルジュは地平線の向こうを指した。そこには、空にまで届くかと思うほど険しい山脈がある。

「私たちは、あの山脈のこちら側にいる。移動魔法と魔導具の反発で、随分遠くまで飛ばされてしまったようだ。あの魔導具には、まだ改良が必要だな」

その言葉に、カイドの表情が険しいものとなる。

ここは敵国ともいえるベルツ帝国なのだ。アメリアも周囲を警戒しながら、サルジュに寄り添う。

「ここがベルツ帝国ならば危険なことはもちろんですが、さらにこの砂漠に長く滞在していては、体力を奪われてしまいます。もう少し過ごしやすい場所を目指して、移動しましょう」

「そうですね」

アメリアはすぐに頷いた。

照りつける太陽は強く、じっとしているだけで汗が滲《にじ》む。

これほどの暑さを、アメリアは今まで知らなかった。このまま立ち尽くしていたら、かなり体力を消耗してしまうだろう。

「でも、どこに……」

見渡す限り乾いた大地が広がっていて、どこに向かえばいいのか見当もつかない。

けれどカイドは自分が歩いてきた方向を指す。

「向こうに、休める場所がありました。そこに移動しましょう」

こうして彼に案内されて、砂漠を歩いていく。

歩きなれない砂漠には少し苦労したが、もともと農地を歩き回っていたアメリアには、あまり苦ではなかった。

しばらく歩くと、崩れかけた家が見えてきた。

かなり古い建物だが、まだ崩れ落ちてはいない。この中なら、太陽の光を防ぐことはできるだろう。

（こんなところに家があったなんて）

周囲を見渡してみても、ひび割れた大地が広がるばかり。

ここは最初から砂漠だったのではなく、長い年月の中で少しずつ礫《れき》砂漠になってしまい、やがて人の住めない場所になってしまったのだろう。

最初に訪れた際に安全は確認していたようだが、それでもカイドが先に入り、家の中を確認する。

「アメリアも中に。少し休んだ方がいい」

サルジュにそう促されて、カイドが調査を終えた家の中に入る。

三人とも荷物は何も持っていない。

だからここに長く留まることはできないが、今は休息が必要だった。瓦礫《がれき》や砂を取り除き、その上にカイドが上着を敷いてくれたので、アメリアはその上に座り込む。

「アメリア」

隣に座ったサルジュが、そっと肩を抱き寄せてくれる。

「連れ去られそうになって、怖かっただろう。事前に防げなくてすまなかった」

「いいえ、そんなこと。わたしの方こそ諸々のご報告が遅れてしまって、申し訳ありません」

「クロエ王女のことを思っていたのだろう？」

アメリアは優しいから。

そう言われて、恥ずかしくなって俯《うつむ》いた。

「でも、わたしの迂闊《うかつ》な行動のせいで、サルジュ様を巻き込んでしまいました。よりによってベルツ帝国に飛ばされてしまうなんて」

あの場に残されたクロエはどうなっただろうと考える。たったひとりで残されて、しかもアメリアが連れ去られているところを目撃してしまったのだ。きっと困惑しているに違いない。

「クロエ王女殿下は、大丈夫でしょうか……」

「ああ、兄上に確認してみよう」

アメリアの言葉に、サルジュはそう言った。

「え？」

驚くも、以前ユリウスが言っていたことを思い出す。

「遠くにいる人と話すことができるという、あの光魔法ですか？」

「そうだ。私が移動魔法を使ったのがわかったのだろう。気が付いてすぐに、兄上から連絡が来ていた」

ユリウスはサルジュが魔法でどこかに移動したことを感じ取り、すぐにビーダイド王国に緊急事態だと伝えて、通信魔法の許可を得たようだ。

「今、兄上と情報交換をしている。クロエ王女は兄上に保護されたようだが、自分のせいだと泣くばかりで状況が摑めなかったらしい」

そこでサルジュがアメリアに聞いた話を伝えたところ、向こうではようやく落ち着いたようだ。

「どこにいるのかと聞かれたが、まだ伝えていない。おそらくベルツ帝国だとは思うが」

そう言ったあと、サルジュは疲れたように深く息を吐く。

「サルジュ様……」

「ユリウス兄上だけならまだしも、事情を知った父上、アレクシス兄上、エスト兄上からも連絡が来て、少しうるさいくらいだ。詳しいことがわかったら連絡すると言って、一度遮断した」

急にサルジュが姿を消したのだから、もし光魔法で連絡を取ることができなかったら、大騒ぎになっていただろう。

「リリアーネとマリーエ嬢にも、事情を説明してもらった。ふたりは率先してクロエ王女の面倒を見てくれているようだ」

「そうですか。ありがとうございます」

あのふたりに任せておけば安心だと、アメリアもほっとする。

無事に戻ったら、あのふたりにもきちんと謝罪しなければならない。

（これでクロエ王女殿下は安全だわ。よかった……）

クロエのことで悩み、アロイスに捕えられて連れ去られそうになって、アメリアもかなり疲弊していた。サルジュに肩を抱かれ、目を閉じているうちに、いつの間にか眠ってしまったようだ。

ふと目が覚めると周囲は暗闇に包まれていて、暖炉だった場所に火がともされている。

カイドは少し離れた場所で見張りをしているようだ。

サルジュは眠ってしまったアメリアを腕に抱いたまま、静かな瞳で建物の外を見つめていた。

「あの、すみません。眠ってしまいました」

そっと声を掛けると、サルジュはアメリアに視線を移し、優しく言った。

「体調はどうだ？　もう少し休んだ方がいい」

「サルジュ様もお休みになった方が」

「私は大丈夫だ。少し、考えたいことがある」

そう言ったサルジュは、視線をまた建物の外に向ける。

黒に偽装していた髪は、いつのまにか輝くような金髪に戻っていた。

久しぶりに見た、輝くような金色に思わず目を細める。

そしてアメリアも、サルジュと同じ方向を見つめた。

「砂漠というのは、砂ばかりだと思っていました」

「そうだね。だがベルツ帝国には、もともと砂漠がなかった。雨が少なくなり、気温が上がり続けた結果、乾燥した土壌となったのだろう」

植物は育たなくなり、人々はこの地を捨てて他に移り住んだ。他の家は崩れ落ちたか取り壊されて、ここだけが残っていたのだろう。

「砂漠化について色々と調べてはいたが、実際に目にすると衝撃的だ。ベルツ帝国はこんなにも砂漠化が進んでいたのか」

アメリアも静かに頷いた。

ここまで乾燥してしまっては、いくら水魔法をかけても簡単にはもとに戻らないだろう。

「私のアメリアを連れ去ろうとしたことを、許すつもりはない。けれど、これでは帝国民の生活にも支障が出ていることだろう」

「そうですね。これでは作物どころか、木さえも枯れ果ててしまっているようです」

アメリアの答えに頷いたあと、サルジュはまた深く考え込んでしまった。

今はうるさく話しかけないほうがいいだろうと判断し、アメリアもそのまま目を閉じる。

明日は動き回らなくてはならないかもしれない。そのためにも、体調は万全にしておきたい。

もう少し休めば、体力はかなり回復するだろう。


そのまま朝になったようだ。

食糧は何もないが、水ならばアメリアの魔法で無限に出せる。

それに、ここがベルツ帝国だとしたら、魔法を使ってはいけないという制限はなくなる。

だが、この国には魔導師がほとんどいないと言われている。

国交がまったくないため、それが真実かどうかもわからないが、誰かに見つからないように用心するべきだろう。

「アメリア様がいてくれてよかった。サルジュ殿下とふたりだったら、まず水の確保をしなければなりませんでした」

カイドはそう言って感謝してくれるが、そもそもアメリアが連れ去られなかったら、ふたりも巻き込まれることはなかった。

それでも、いつまでも水ばかりで過ごすわけにはいかない。

明日から食糧を探しに行かなくてはならない。けれどここがどこかわからない以上、むやみに歩き回るのは危険だろう。

「他に休める場所があるとも限らない。ここを拠点として、しばらく周辺を調査してみよう」

そう言ったサルジュの言葉にカイドも同意する。

「わかりました。この周辺を少しずつ調査してみます。ただ、食糧の確保が最優先ですが」

「それなら問題はない。アメリア、少し力を貸してほしい」

サルジュはそう言うと、廃屋の裏に場所に移動した。アメリアもカイドも、慌てて彼の後を追う。

そこには、かつて畑だったと思われる場所があった。

ふたりの目の前で、サルジュは乾燥してひび割れた土に手を当てる。

すると砂漠化していた土は、たちまちもとの柔らかさを取り戻した。サルジュはそこに何かの種を植えると、アメリアに言った。

「水やりを頼む」

「はい、わかりました」

アメリアが水魔法でたっぷりの水を与えると、サルジュはさらに成長促進の魔法をかける。たちまち種が芽吹いて成長し、果実を実らせた。

あまりにもあっという間のできごとに、アメリアは息を呑《の》む。

「……すごいです。こんなことが本当にできるなんて」

土魔法はたしかに成長を促進させるが、ここまで急激に成長した例を、今まで見たことがない。

「本来ならこの地に根付くはずのない木だが、土魔法で維持している限り実をつける。しばらくはこれで凌《しの》げるだろう」

サルジュは果実を採り、手渡してくれた。

大きくて赤い、林檎《りんご》だった。

「みんなで作ったアップルパイを思い出します」

そう言うと、サルジュは柔らかく笑った。

「王都に戻ったら、また作ってほしいな」

「はい、もちろんです。皆で頑張って作ります」

もしかしたら、そこにはクロエも交じっているかもしれない。そう思うと、落ち込んでいた気分が少し上向きになる。

「よく種を持ち歩いていましたね」

カイドも林檎を手に、感心したように言った。

「ジャナキ王国の植物学者と、色々な種を交換した残りだ」

たまたま持っていたらしいが、そのおかげで飢えることはなさそうだ。

(それにしても、やっぱり土魔法はすごい……)

乾いてひび割れていた大地が、たちまち柔らかな土に変わった場面を目の当たりにして、改めてそう思う。もちろんサルジュの魔法が優れているせいもあるだろうが、種からたちまち成長して実をつけたことも驚いた。

もちろん、無理やり拉致しようとしたのは許されることではないが、これほど砂漠化してしまったベルッツ王国が、魔法の力を切望してしまうのも無理はないのかもしれない。

「サルジュ様。この土魔法はどのくらい効果が続きますか？」

三人で収穫したばかりの林檎を食べ終わったあと、カイドは周辺を探索するために出かけた。

だから今はふたりきりだ。

アメリアは気になっていたことをサルジュに尋ねてみた。

「魔法で無理やり変化させているから、そう長くは持たないよ。だから魔法で土壌改良をするのは、あまり効果的ではない」

「そうですね……」

土魔法を何度もかけ続けなくてはならないのであれば、サルジュの言うように効率が悪い。彼が土魔法だけではなく、植物学も学んでいるのはそのためだろう。

「帝国に必要なのは、土魔法よりも水魔法だ。だからアメリアを連れ去ろうとしたのかもしれない」

サルジュがアメリアの手を握る。そのまま抱き寄せられて、素直に身を任せた。

「アメリアは、誰にも渡さない」

「サルジュ様……」

彼の体温を間近に感じて、もう少しでサルジュと引き離されるところだったかと思うと、今更ながら怖くなる。

「指輪を、ありがとうございました。これがなかったらと思うと、怖いです」

「アメリアが肌身離さず持っていてくれて、本当によかった」

「サルジュ様に頂いたものを手放すはずがありません」

指輪をした手を、もう片方で包み込むように握りしめ、アメリアは祈るように目を閉じた。

「ずっと大切にします」

そんなアメリアを見て、サルジュは嬉《うれ》しそうに笑う。

研究者ではない、素のサルジュを見るのは随分久しぶりな気がして、アメリアも笑みを浮かべた。

「……あの」

ふと入り口から声が聞こえて顔を上げると、居たたまれないような顔をしたカイドが、建物の入り口に立ち尽くしていた。

「カイド、戻ったか」

「はい、少し前に。とりあえず周辺に人影はないようです。あたり一面砂漠化していましたが、遠くに町が見えました」

帝国の詳しい地形はアメリアたちも知らないが、あの山脈が見える位置だということは、ここは国境近くだろう。

ベルツ帝国の帝都は、帝国の中央だった。そこからは、かなり離れた場所であると推測される。

「帝都からこれだけ離れていれば、簡単には見つからないでしょう。ですが、ここから帰る方法が……」

カイドが憂い顔でそう言った。

徒歩で移動するには時間がかかるし、準備も何もない状態で砂漠を渡るのも危険すぎる。

「移動魔法を使えないことはないが、もう少し状況を見極めてからにしたいところだ。それに、山脈の向こう側に移動するには、少し距離がある」

サルジュはそう言って、遠く離れたところにある山脈を見つめた。

さすがのサルジュも、これほどの長距離を移動することはできないようだ。ここまで飛ばされてしまったのは、本当に事故のようなものだったのだろう。

「土地勘のない場所で移動魔法を使うと、どこに出るかわからないからね」

そう言われたカイドは、悲愴《ひそう》な顔をした。

「……わかりました。この命に代えても、サルジュ殿下とアメリア様はお守り致します」

「そんな決意は不要だ。ベルツ帝国に魔導師はいない。アメリアをさらおうとした者も、どうやら普通の魔法は使えない様子だ。おそらく、魔法が使えない帝国兵は敵にもならないだろう」

静かな口調で、サルジュはそう告げた。

魔法の力はとても強い。魔法大国であるビーダイド王国にとって、ベルツ帝国はそれほど脅威ではなかった。

「だが、ここに長居するわけにもいかない。砂漠を移動できる準備を整えたら、国境近くにすぐに移動しよう」

「承知しました」

カイドがそう応えた。

アメリアの役目は、林檎の木に水やりをして、移動用に少し多めに確保しておくことである。カイドが周囲を見回り、サルジュが土壌調査をしている間に働いていた。

乾いた大地に不釣り合いの木が、青々とした葉を茂らせている。アメリアは慎重に水やりをしながら、瑞々《みずみず》しい果実を収穫した。

サルジュの魔法で育った木は、彼がここを離れたら枯れ果ててしまうのだろうか。そう思うと、少しだけ寂しい気持ちになる。

アメリアの腕には、新品のような果物かごがある。それに、収穫した林檎をひとつずつ入れていく。

(このかごも服も、サルジュ様がいなかったら手に入らなかったわ)

今、アメリアが着ているのは、ベルツ帝国の平民がよく着ているような服だ。

ここに辿《たど》り着いたとき、アメリアはドレス姿だった。さすがにこの服装では目立ちすぎる。護衛騎士のカイドはまだしも、サルジュも王立魔法学園の制服である。

だから目立たない衣服が必要だったが、それを手に入れるのは困難だと思われた。

どうしたらいいのかカイドと話し合っていたが、そこにサルジュがやってきたのだ。

どこから持ってきたのか、その手には新品のように綺麗《きれい》な服と、移動用の鞄《かばん》。収穫用の小さなかごまであった。

「サルジュ様、それは?」

「この家に残されていたものを、魔法で修繕してみた。これから先に進むためには必要なものだろう」

「……光魔法には、そんなことまで」

光魔法には呪文がないと聞いている。

だからこそ自由な発想で使うことができるのだろう。

こうしてアメリアはサルジュが用意してくれた簡素な服に着替え、新品のようなかごに林檎を入れている。

それを持って戻ろうとすると、サルジュが建物の外に立っているのが見えた。

彼も簡素な服装に着替えているが、シンプルな服装がかえって彼の美貌を際立《きわ》たせている。思わず見惚《みほ》れていると、サルジュがアメリアに気が付いて、振り返った。

「アメリア」

手招きをされて、彼の傍《そば》に寄る。

「枯れ果てた大地を再生させるには、どのくらい時間が必要になるか考えていた」

アメリアの手を握ったまま、サルジュはそう語る。

「魔法で再生させるのは簡単だ。だが、魔法は長くは持たない。さらに何度も同じ場所に繰り返してしまうと、ますます土地を疲弊させてしまう。それならむしろ、このような地でも育つ植物を改良した方が早い」

ここはベルツ帝国で、ビーダイド王国にとっては敵国も同然。それでもサルジュはこの砂漠を何とかしたいと考え、その方法を探っている。

「だが、雨が少なすぎるのはやはり問題だ」

やはりサルジュの本質は研究者だ。

ならばアメリアも、彼の心に寄り沿っていたいと思う。

「砂漠化が進んでいる原因は、雨不足によるもの、ですよね」

「そうだね。データを見てみないと何とも言えないが、土地の様子を見る限り、間違いないだろう」

天候だけは、どうにもできない。

「あの、サルジュ様。この指輪のことですが」

アメリアはふと思いつき、サルジュに贈られた指輪を見つめる。

「魔導具ということでしたが、どのような仕組みになっているのでしょうか？」

そもそも魔導具というものを、アメリアは今まで見たことがない。

サルジュは、急な話の変化に戸惑うことなく答えてくれた。

「付与した魔法は光魔法だから呪文は必要ないが、基本となるもの、この場合は指輪に呪文を刻み込む。魔道具を起動すれば、込められていた魔法が発動する」

魔力を込めた宝石は、一度使うと力を失ってしまうが、また魔力を込めれば使えるようになると言う。

「雨の魔法を付与した魔導具があれば、魔導師がいないこの国でも、定期的に雨を降らせることができるのでは、と思ったのですが」

「……なるほど、魔導具か」

サルジュはアメリアの提案に頷き、そこからしばらく考え込んでいた。

「たしかに雨を降らせる魔法だけなら、そう複雑ではないから魔導具に付与できる。稼働するためには魔法を付与する核が必要になるが……」

アメリアの指輪は、宝石をその核にしているようだ。

ベルツ帝国とは国交がないどころか、数々の因縁がある相手である。

ビーダイド帝国としても無償で提供することはない。けれど向こうは、食糧問題を魔石の購入で解決できるのなら、喜んでそうするだろう。

だがその辺りは、ビーダイド国王や王太子であるアレクシスの分野である。サルジュとアメリアは、それが実現可能かどうか、研究するだけだ。

「戻ったら早速実験してみよう。ああ、例の肥料の件もあるし、これから忙しくなりそうだ」

そう言って黙り込んだサルジュは、新しい魔導具の構造について考えているのだろう。アメリアは邪魔をしないように静かに座り、指輪を眺める。

(これは、サルジュ様がわたしのために作ってくださった魔導具だったなんて)

付与しているのは光魔法なので、詳しいことはわからない。だがアメリアに危険が迫ったとき、サルジュにはそれがわかるようになっているようだ。

ジャナキ王国では別々に行動していたが、本当はずっとサルジュに守られていた。そのことを実感して、幸せな気持ちになる。

それから数日後には移動する準備が整い、すぐにここから離れることにした。

まず、ここにいた痕跡を完全に消さなくてはならない。

サルジュは、持って行く物以外は魔法を解除してもとに戻したようだ。畑や果樹は枯れるまで放置しておくのかと思っていたが、そうではないらしい。

アメリアは、カイドが周囲を見回っている間に林檎の木を撤収するというサルジュに付き従った。

「枯らしてしまうのですか？」

サルジュの魔法で青々と茂っている林檎の木を見てそう言うと、サルジュは首を振る。

「いや、もとに戻す」

「もとに？」

「そう。こうして……」

サルジュが魔法を使うと、まるで逆再生をしているように、樹木が縮んでいく。驚いて見つめるアメリアの前で、林檎の木はたちまち種の状態に戻っていた。

「……すごい」

そう呟くのが精いっぱいなほど、あっという間の出来事だった。

呪文を唱えていなかったから、光魔法だろう。

急成長した植物にも驚いたが、それを種の状態まで戻す魔法にも驚いた。この退行魔法は、サルジュが開発したらしい。

「貴重な植物の種や、改良中の作物が意図せずに枯れてしまった場合、種の状態に戻すことで植え直すことができる。この魔法を開発したおかげで、研究がはかどったよ」

「それは……素晴らしい魔法ですね」

栽培方法に失敗しても、種に戻して植え直すことができるなんて、他の植物学の研究者が聞いたら言葉を失うに違いない。

光魔法に不可能はないように思える。

けれどサルジュは、驚きを隠そうともしないアメリアにこう告げた。

「私の魔法などよりも、アメリアの発想の方が素晴らしい。虫害を防ぐための魔法水といい、成長促進魔法を付与した肥料。そして、雨を降らせる魔導具だ。この大陸は、アメリアによって救われるのかもしれない」

「そんなことは……」

さすがにありえないと慌てて否定するも、サルジュは熱を宿した瞳でアメリアを見つめる。

「謙遜する必要はないよ。やはり研究所や図書室にばかりこもっていては、新しい発想は生まれないのかもしれない」

サルジュはそう言って広い大地を見渡している。

「完全なものを作りたかった。品種改良を重ねて、これでビーダイド王国を……。この大陸を救えると思っていた。けれど、王城の庭で育てて品種改良したグリーは虫害に弱くて、そのせいでなかなか普及しなかった。アメリアの魔法水のおかげで、ようやく役に立てる」

視線を遠くに向けたまま、サルジュが語ったのは主食となる穀物、グリーの新種改良をしたときのことだった。

王城の整備された庭に、虫が入り込むようなことはほとんどない。だから研究していたときには、虫害に弱いことがわからなかったのだ。

だが実際に植えられるのは、ほとんど魔法を使用したこともない、耕しただけの土地である。

「私は明らかに失敗していたのに、父も兄もよくやったと感謝してくれた。だから、今度こそ完全なものを作ろうと、私はますます研究にのめり込んだ。それでもなかなか成果は出ず、気が付いたら私はひとりになっていた」

サルジュの情熱と才能に、他の研究者はついていけなかったのだろう。

こうしてひとりになった彼は、とうとう寝食さえ忘れて没頭するようになってしまった。

「でもそんな過失を、アメリアの魔法水が補ってくれた。肥料も魔導具も、私では思いつくことはできなかった。すべてアメリアのおかげだ。私には、君が必要だ」

「サルジュ様……」

彼の役に立てたのなら、これほど嬉しいことはない。

けれどアメリアにとっては、サルジュこそが本物の天才だ。

魔導具を作り出し、土魔法で種から果実を実らせるまで成長させ、退行魔法でもとの状態に戻したりする。物を過去の状態まで戻す修復魔法にも驚いた。

そんなことは、サルジュ以外の誰にもできない。

それにサルジュは失敗だと言っていたが、彼が品種改良したグリーだって、虫害にさえ気を付ければ収穫量がかなり増えるほど素晴らしいものなのだ。

「いくら思いついても、わたしにはそれを実現させる力はありません。すべてサルジュ様がいてくださるからこそ、可能になるのです」

　サルジュのおかげだと強く言うと、そっと手を握られた。

「アメリアも私を必要としてくれるなら、嬉しいよ。ならばこれからも私は、アメリアが思いついたことを実現させよう。どんなことでもやってみせるよ」

「……サルジュ様」

　彼ならば、本当に何でもやってしまいそうだ。

　でも、自分の考えがその原動力になれるのかと思うと、嬉しくて胸がいっぱいになる。

　ふとアメリアは、まだ彼の助手でしかなかった頃のことを思い出す。

　切望していた土魔法の遣い手で、植物学にも通じていたサルジュに憧れて、少しでも追い付きたくて必死に頑張っていた。

　そんな相手が、自分の手を取って必要だと言ってくれる。

　婚約者として、助手として傍にいた。

　けれど今は、サルジュにパートナーとして認められたような気がして、心が幸福感で満たされていく。

（サルジュ様と一緒なら、本当にこの世界の食糧事情を解決できるかもしれない）

　ひとりならば、もちろんそんなことをできるはずがない。アメリアには、そんな実力も才能もない。

　でもそんなアメリアの隣にはサルジュがいる。ふたりならきっと実現できると信じることができる。

荒れ果てた大地を見つめながら、アメリアはいつか必ず、この地も蘇《よみがえ》らせてみせると誓った。

それから数日かけて、国境近くにある町を目指して砂漠を歩いた。

農地を歩き回っていたアメリアと騎士であるカイドは、砂漠の歩きにくい土地にもすぐに慣れた。

だが、やはりサルジュにはきつい道のりだったようだ。

「サルジュ様」

気遣うように声を掛けると、彼は大丈夫だと答える。

けれど、さすがにアメリアも疲れを感じてきた。

さすがに砂漠を歩くだけならまだしも、この暑さの中では体力をかなり奪われる。生まれ育ったレニア領はビーダイド王国でも北側で、さらに冷害が続いていたこともあり、暑さには慣れていない。

ふたりの足取りが重くなってきた様子を見て、カイドが大きな岩陰で休むことを提案してきた。

「町まではまだ距離があります。この辺りで少し休みましょう」

日陰になる場所を見つけて、アメリアはサルジュと一緒に座り込む。

「サルジュ様、大丈夫ですか？」

「……ああ。けれど、少し魔力を使いすぎたようだ」

彼はそう言うと、日よけのマントを羽織ったまま、アメリアに寄りかかって目を閉じた。

砂漠を歩いただけではなく、魔力の使い過ぎが彼の不調の原因のようだ。

成長促進魔法や再現魔法、退行魔法に加えて、さらに砂漠に興味を持って色々と実験を繰り返していたらしい。

いくらサルジュの魔力が高くても、さすがに負担になったのだろう。

心配だったが、魔力は眠れば回復するらしく、カイドも心配はいらないと言ってくれた。

「アレクシス様も学生時代、よく魔力を使いすぎて倒れてしまうことがありました。興味を持つと何も考えずに突き進んでしまうところは、そっくりですね」

幼い頃は魔力が強すぎて、暴走していたというアレクシスが倒れるほどだ。そのときは、どれくらいの魔力を使ったのだろう。

振り回されているカイドの姿が見えるようで、思わず笑みが零《こぼ》れた。

「……そうか。兄上にもカイドがそう言っていたと伝えておこう」

ふいに、眠っていたはずのサルジュがそう言って、カイドはびくりと体を震わせた。

「い、いえ。その……」

慌てるカイドを見て微笑《ほほえ》み、サルジュはアメリアに言った。

「もしまだ動けないときに帝国兵に見つかったら、私を置いて逃げてほしい」

「そんなこと、できません」

すぐにそう言ったアメリアを宥《なだ》めるように、サルジュはそっとアメリアの黒髪を撫《な》でる。

「私は、魔力さえ回復すればどこにでも逃げられる。だから、アメリアは安全な場所に……」

そう言いながら、サルジュは再び眠ってしまったようだ。

「サルジュ様」

崩れかかった体を慌てて支える。

魔力を使い過ぎると、失った魔力を回復させようとして体が強制的に睡眠状態になる。今のサルジュはそんな状態なのだろう。

アメリアも昔、水遣りをやり過ぎて倒れてしまったことがあった。そんなときは、充分に魔力が回復するまで目が覚めない。

いくら危険になったら逃げろと言われても、そんな無防備な状態のサルジュをひとりで置いて行くことなどできなかった。

何事もないように祈っていたが、ふと目指していた町が騒がしいことに気が付いた。

その町を目指して歩く人の群れも目撃した。よく見れば、彼らは武装しているようだ。

国境近くの町に、兵士が集まっているのかもしれない。

アメリアはまだ目覚めないサルジュをぎゅっと抱きしめて、周囲を警戒していた。

岩陰から見える町は、先ほどよりも騒がしくなっていた。怒声や、号令などがここまで聞こえてくる。

（どうか見つかりませんように……）

そう必死に祈っていたのに、すぐ近くで馬の走る音が聞こえてきて、息を呑《の》む。

カイドは、いつでも動けるように臨戦態勢になっている。彼ならば、たとえ複数の相手でも負けることはないだろう。

ただ、小柄なアメリアではサルジュを抱えて逃げることはできない。

どうしたらいいのか考えているうちに、馬の足音はこちらに向かって走っている。

「アメリア様。先にお逃げください」

カイドはサルジュが言っていたようにアメリアを先に逃がそうとしたが、アメリアは首を振る。

「無理だわ。わたしの足では、簡単に追いつかれてしまうもの」

相手は馬に乗っている。もしアメリアがひとりで逃げ出しても、すぐに捕まってしまうだろう。

それよりなら、サルジュと一緒にいる方がいい。

馬は複数で、乗っている男たちは全員が武装していた。

先頭にいた大柄な男が三人に気が付き、こちらに向かってきた。アメリアはサルジュを抱きしめたまま、唇を噛《か》みしめる。

「こんなところで何をしている?」

だがその男は馬を止めると、三人を覗《のぞ》き込んでこう言った。マントを羽織っているが、声からしてまだ若そうだ。

「病人か? どこに行くつもりだ?」

アメリアに寄りかかっているサルジュを見て、案ずるように尋ねられた。

その声に、色々な覚悟をしていたアメリアの肩から力が抜ける。

「南から逃れてきたんだ」

カイドがそう答えると、男は納得したように頷いた。

「ああ、南側は干上がった町が結構あったらしいな。北側ならまだマシかと思って逃げてきたのか」

そうして馬に乗ったまま振り返り、国境近くにある町を見た。

「だったら町に来い。これから忙しくなるから、雑用はいくらでもある。仕事をするなら、病人を休ませる部屋くらい貸してやるぞ」

アメリアはカイドと顔を見合わせた。

戦闘になるかもしれないと覚悟していただけに、少し拍子抜けした。

「心配するな。向こうの職場には他にも女性もいるし、変な仕事はさせない。人が大勢いるから、掃除や食事の支度を手伝ってもらうだけだ」

それを聞いて、アメリアはすぐに返事をする。

「わかりました。手伝います。だから、この人を休ませる部屋を貸してください」

カイドが驚いたようにアメリアを見たが、何も言わなかった。

ここで断るとかえって不自然だと思ったのだろう。

それに、いつまでも砂漠にいるのも危険だ。

たまたま今回は帝国軍にも良い人がいたからよかったものの、余計なトラブルに巻き込まれるかもしれない。アメリアをさらおうとしたあの男、アロイスに見つかってしまう可能性もある。

だったら、人の多い町の中に紛れてしまった方が安全だ。それにきちんとしたところで休めたら、その分サルジュも早く回復するだろう。

「よし、馬に乗るか?」

「いいえ。歩いていきます。この人は、彼が」

カイドがサルジュを抱え、ゆっくりと馬を走らせてくれたその男の後に続く。

町に着くまでの間。アメリアとカイドは、男たちに聞こえないように小声でこれからのことを話し合った。

その男は、ローダンと名乗った。

国境の警護をしている地方の兵士だったが、皇弟殿下に招集され、この町に集められたらしい。

こちらは、アメリアはリア。カイドはカイと名乗っておいた。一応、アメリアとカイドは兄妹設定で、サルジュはアメリアの恋人である。

婚約者なのだから恋人を名乗ってもよいはずなのに、何だかとても恥ずかしい。そんなアメリアを見て、ローダンは初々しいなと言って笑った。

ローダンは人が良さそうで、一緒にいるのも彼の同僚で、悪い人ではなさそうだ。その同僚が言うには、ローダンはあちこちから人を拾ってきては、町に連れて行って職を斡旋《あっせん》しているのだと言う。

「戦争が、始まるんですか」

そんな彼なら大丈夫だろうと、少し踏み込んだ質問をしてみると、ローダンは厳しい顔をして黙り込んだ。

答えてくれたのは、別の男だった。

「……皇帝陛下が病に倒れてから、皇弟殿下がこの国を取り仕切っている。知っているだろうが、この国の状況は厳しいからな。皇弟殿下は、食糧が手に入らないのなら奪うしかないと、とうとう山脈越えを決意されたようだ。あの町には今、この日のために開発された多くの武器が集められている」

国境を守る警備兵だったという彼らは、この戦いをまったく望んでいない。

けれどベルツ帝国の皇弟は、乾いて飢えていくこの大地を捨てて、新たな土地を求めて戦争をしようとしている。

アメリアは、誰にも気付かれないようにそっとため息《いき》をついた。

ベルツ帝国すべてが悪ではない。

反対している彼らが戦場に向かわなくてはならない様子を目の当たりにすると、胸が苦しくなる。

（何とか、回避できる方法はないかしら……）

ローダンは町に連れて行ってくれて、サルジュを休ませる部屋も用意してくれた。三人で一部屋だったが、ずっと廃屋や砂漠で過ごしていたので、ベッドがあるだけで有難い。

カイドにサルジュをベッドに寝かせてもらい、ふたりで軽く食事をしながら、これからのことを話し合う。

「本当に、ベルツ帝国軍の手伝いを？」

アメリアはこくりと頷いた。

「ええ。部屋を貸してもらうからには、きちんと働かなくては。カイドはどうするの？」

「こちらにも仕事を紹介してもらえるようです。しばらくはそれをしながら、この町に運び込まれた武器がどの程度のものなのか、探ってみます」

「わかったわ。無理はしないでね」

「アメリア様も、どうかお気をつけて。いざとなったら魔法で強行突破します」

「……そうね」

アメリアは頷いた。

水魔法にはあまり攻撃手段はないが、カイドの火魔法であれば、たとえ複数が相手でも問題なく倒せるだろう。

こうしてアメリアは、国境のすぐ近くの町にしばらく滞在することになった。

ベルツ帝国の兵士と接しなければならないと思い、少し緊張していたが、実際はすでに世話係となっている女性たちの手伝いをするだけでよかった。

「リアちゃんは病気の恋人のために頑張っているんだって？　健気《けなげ》だねぇ」

「あんたみたいな若くて可愛い子は、あいつらに近寄らない方がいいよ。給仕なんかは私たちがやるから、向こうをお願い」

そう言って料理の下拵《したごしら》えや、誰もいない場所の掃除などを頼んでくれる。兄さんとふたりで食べな、と食事を分けてくれることもあった。

別の仕事を斡旋されたカイドは、帝国兵がこの町に持ち込んだ武器の手入れを任せられていた。

そのおかげで、武器の観察もしっかりとできたようだ。

「やはり、かなりの兵器を用意しています。火薬を使ったものが多いことを考えると、今後の行き来も考えて、山を切り崩して進むつもりのようですね」

「……そんなことまで」

アメリアは部屋の窓から見える険しい山脈を見つめた。

たしかに大勢の兵士を引き連れて山越えをするには、山を切り崩して進むしかないだろう。

けれどそれには、時間も費用もかかる。あまり現実的だとは思えなかった。

ベルツ帝国の皇弟は、どうしてそこまでの執念を持って、他国に攻め入ろうとしているのか。

「それと、ひとつ気になることが」

カイドはそう言って、アメリアを見た。

「その皇弟が、アロイスと呼ばれていました。もしかして、アメリア様を拉致しようとしたあの男ではないかと思ったのですが」

「！」

思わぬ話に、アメリアはびくりと体を震わせる。

「違うかもしれませんが、一応気を付けた方がいいでしょう。アメリア様は、なるべく人目に付かない場所にいた方がよいかと」

「……わかったわ」

今もあまり人目に付かない場所で仕事をさせてもらっているので、その点は問題ないだろう。

「おそらくサルジュ殿下も、そろそろ回復なさるでしょう。そうすれば魔法でジャナキ王国に移動できます。向こう側に、ベルツ帝国が戦争の準備をしていることを伝えなくてはなりません」

この町で親切にしてくれた人たちのことは気になるが、その人たちのためにも、ベルツ帝国の皇弟を止めるべきだ。

カイドとそう話し合ったあと、アメリアは仕事に出かけた。

アメリアは貴族の令嬢だったが、サルジュの婚約者となる前はよく農地を歩き回って領民たちの手伝いをしていた。料理だけは今でもあまり得意ではないが、掃除や片付けならばそれなりにできる。

カイドと話し合ったあとは、窓の掃除を頼まれてせっせと窓を拭いていた。

(帝国の町で掃除をしていたなんて言ったら、マリーエやソフィア様は驚くでしょうね……)

彼女たちも、きっと心配しているだろう。

無事に帰国したら、心配をかけてしまったことをきちんと謝罪しなければならない。それに、あのまま別れてしまったクロエのことも気になる。

そんなことを思いながら手を動かしていたアメリアは、ふと窓の下から視線を感じた。何気なくそちらを見てみると、そこには豪華な軍服を来たひとりの青年が立っていた。

彼はアメリアを見て驚いたような顔をしていたが、やがて不敵な笑みを浮かべる。

「！」

背が高く、鍛えられた体をしている。

艶やかな黒髪に、琥珀色《こはくいろ》の瞳。

見覚えのある顔だと気が付いて、アメリアは掃除道具も放り出して、その場から逃げ出した。

(間違いない。クロエ王女殿下を騙《だま》して恋人に成りすましていた、あのアロイスだわ！)

皇弟かどうかまではわからなかったが、あの佇《たたず》まいといい、服装といい、高貴な身分であることは間違いない。

そんな身分の人がなぜ、単独でジャナキ王国に潜入していたのだろう。

息を切らせて部屋の中に逃げ込む。

彼の瞳は、明確にアメリアを見つめていた。

きっと気が付いたに違いない。

（どうしよう……）

乱れた呼吸をもとに戻そうと、何度も深呼吸をしていると、部屋の奥から声が聞こえた。

「アメリア？」

その声を聞いて、アメリアは部屋の中に駆け込んだ。

「サルジュ様！」

ベッドの上に体を起こしたサルジュは、この状況を理解しようとしているのか、周辺を見渡していた。アメリアが彼のもとに駆け寄ると、ほっとしたように表情を緩ませる。

「すまない。迷惑をかけてしまったようだね」

「いいえ、そんなことはありません」

アメリアはサルジュに駆け寄り、手を広げた彼の胸に縋《すが》った。

抱きしめてくれる温もりに、張り詰めていた気が緩んで泣き出しそうになる。

けれど、伝えなくてはならないことがたくさんある。

特に、あのアロイスがベルツ帝国の皇弟であること。自分に気が付いたかもしれないことを、ちゃんと告げなくてはならない。

「サルジュ様、実は……」

この町に来た経緯と、親切にしてくれた人たち。

そして、険しい山脈を切り崩してでも、山越えをして戦争を仕掛けようとしている皇弟アロイスのことを伝える。

「そうか。大変だったね」

サルジュは頷いた。

「わたしに気が付いた様子でした。もしかしたら、追ってくるかもしれません」

そう言って怯《おび》えるアメリアを宥めるように、サルジュはその黒髪を撫でる。

「大丈夫だ。誰も入れないように、魔法で施錠しておこう」

その言葉と同時に、サルジュの魔力が部屋を包み込むのがわかった。馴染《なじ》みのある魔力で守られていることを感じて、ようやく安堵する。

「私が魔力配分を誤ったせいで、アメリアには苦労をさせてしまった。もう移動魔法を使う分には、問題ないはずだ」

「わたしは大丈夫です。でも……」

ひとりでいる時間が長かったサルジュは、誰かに相談することや、頼ることが苦手だ。

だからこそ彼には言葉にして伝えることが大切だと、アメリアは思った。

「とても心配しました……」

正直にそう伝えると、思わず涙が零れそうになる。

「すまなかった」

彼はアメリアの予想以上に狼狽《うろた》えて、そう謝罪してくれた。

アメリアとしても、サルジュに謝ってほしいわけではない。自分のことをもっと大切にしてほしいだけだ。

「今度から気を付ける。だから許してほしい」

「はい。約束ですよ」

そう答えて笑顔を向けると、サルジュはほっとした様子だった。

「カイドは？」

そうしてサルジュは、アメリアにそう問いながらベッドから立ち上がる。

そのしぐさはいつも通り優雅で、もうどこにも不調を抱えていないことがわかり、ほっと胸を撫で下ろした。

「ベルツ帝国軍の武器の管理をするように言われているようで、仕事中です」

「武器？　彼らは本気でこの山脈を越えるつもりなのか？」

サルジュは窓から見える険しい山脈を見つめる。

「はい。火薬を使用した武器が大量にあると言っていました」

「……火薬か。そんな武器など、アメリアひとりでも無力化できるというのに」

彼の言うように、攻撃特化ではないアメリアの水魔法でも、兵器を使えなくすることは簡単だ。

ベルツ帝国は身近ではないだけに、魔法の力を侮《あなど》っているのかもしれない。

それに、とサルジュは続けた。

「ベルツ帝国の現皇帝には妹しかいないはず。アロイスという男は、本当に皇弟なのだろうか」

「え？」

サルジュの疑問に、アメリアは思わず声を上げてしまう。

「クロエ王女の恋人に成りすましていたくらいなら、皇帝の弟と偽って行動することも可能かもしれない」

「あ……」

たしかにサルジュの言うように、アロイスはジャナキ王国の第四王女クロエの恋人に成りすましていた。そしてビーダイド王国第二王子、サルジュの異母兄であるエストとクロエの婚約を、解消させようとしていたのだ。

「魔導師のなり損ないとは、どういう意味なのでしょうか」

属性魔法は使えずに、人の記憶や意識を少しだけ操作することができると言っていた。だがそれも、相手の魔力が彼自身よりも少ない場合だけだと。

アメリアの疑問に、サルジュは答えてくれた。

「魔力や属性は、血族に受け継がれていく。おそらく彼の先祖には魔導師がいたと思われる。魔力は遺伝したものの、素質は属性魔法を使えるほどではなかったのだろう。だが、それが人の記憶や意識を操作するものなら、あるいは……」

サルジュはそう言いかけて、ふいに口を閉ざした。

「あの、サルジュ様？」

憂いを帯びた顔を見て、何だか不安になってしまう。

遠い過去を見つめるような瞳。

再現魔法を使えるサルジュには、何か過去の映像が見えたのかもしれない。

「いや、何でもないよ。ただ、ベルツ帝国には魔導師が少ないと聞くが、帝国の実態は不明だから、本当のところはどうなのかわからない。もしかしたら彼は、この帝国では唯一魔力を持った人間である可能性もある。そうだとしたら、帝国の者ならどんな人間でも操れることになってしまう」

「危険、ですね」

この戦争を引き起こそうとしているのはベルツ帝国ではなく、たったひとりの人間だとしたら、恐ろしいことだ。

「そうだね。これがしっかりとした魔法だったら、かなり危険だったと思うよ。でも、自分よりも魔力の低い者にしかかからない『魔法のようなもの』だから、解除も簡単だ。おそらく、効果もそれほど長くは続かない。クロエ王女の洗脳もすぐ解けていただろう？」

「はい。それに、この町で出会ったベルツ帝国の人々は、とても親切でした。彼らのためにも、戦争など引き起こしてほしくありません」

そう言うと、サルジュは優しく笑った。

「そうか。ならば、すぐに行動しよう。この部屋にいれば安全だが、アメリアはどうする？」

「……行きます」

「わかった。アメリアは必ず守るから、心配しなくてもいいよ」

手を差し伸べられて、そっと握った。

「ああ、その前にカイドも拾っていこうか」

「はい」

サルジュは思い出したようにそう言うと、アメリアの手を引いて部屋から出た。

アロイスが待ち構えているかと思って身構えたけれど、扉の外には誰もいなかった。

むしろ人の気配はまったくなく、静まり返っている。

アメリアに与えられた部屋は、兵士たちの寄宿舎の隣で、彼らの世話をするために働く人たちの寮のひとつである。古びた三階建ての建物にはそれなりに人が多く住んでいて、交代制で働く者もおり、昼夜問わず、誰かは起きているような場所だった。

それなのに、誰もいない。それだけで異常な事態だ。

けれどこんな事態でもサルジュは冷静だった。そのおかげでアメリアの気持ちも、少しずつ落ち着いてきた。

寮の外に出ると、町の広場に兵士たちがずらりと並んでいるのが見えた。中にはアメリアたちを助けてくれたローダンの姿もある。

けれど彼らは皆、自分の意思などないような無表情な顔で立ち尽くしている。身じろぎひとつしない。

「こんなにたくさんの人たちが……。アロイスの魔力は、どれくらい強いのでしょうか」

「きちんとした魔法ではないから、それほど魔力は必要ないようだ。それに先ほども言ったように、解除は簡単だから心配はいらない。まずカイドと合流してから、そのアロイスを探すことにしよう。彼らを救出するのは、その後だ」

「……はい」

少しだけ彼らのことが心配だったが、サルジュの言うように、今はこうして静かに集まっている方が安全かもしれない。もし彼らが強制的に戦闘させられてしまうようなことがあれば、サルジュが止めてくれるだろう。

武器庫に向かって歩いていくと、町の中心に向かおうとしていたカイドと会う。彼はすぐにこちらに気付き、走り寄ってきた。

「サルジュ殿下。お目覚めになったのですね」

「ああ、すまない。世話をかけた」

サルジュはカイドにそう声を掛けて、手を引いて歩いていたアメリアを見た。

「アメリアが、アロイスに見つかってしまったらしい」

「ごめんなさい。せっかく忠告してくれたのに。窓の掃除をしていたら、真下にあの人が立っていて」

サルジュがカイドに事情を説明すると、彼は難しい顔をした。

そして、この町に集まっていた兵士たちも、アロイスに操られていたことを説明する。

「そのアロイスという男は、皇帝の弟ではない可能性もある、ということですね」

「ベルツ帝国の内情にそこまで詳しいわけではないが、皇族くらいは知っている。現在の皇帝には、妹しかいなかったはず。アメリアから聞いたアロイスの年齢ともかけ離れている」

「まず、武器庫を無力化しておく。そうすればアロイスも姿を現すだろう」

「はい。了解いたしました。武器庫はこちらです」

カイドの案内で、アメリアとサルジュはこの町に集められた武器が保管してある場所に急いだ。

しばらく歩くと、倉庫が並んでいる場所に到着した。

ここは本来なら、収穫した作物を貯蔵するための倉庫だったらしい。

けれど天候の悪化とともに、中身は空となってしまい、今はこうして武器が収められている。

「これがすべて、武器庫になっています」

カイドの説明に、サルジュは頷いた。

「火薬を使ったものが多いと聞いたが……」

「はい。山を切り崩すためのものでしょう」

カイドが武器庫のひとつを開いた。管理人の仕事をしていたので、自由に入ることができるようだ。

中には大砲から、ハンドキャノンのような小型のものまで、たくさんの武器がびっしりと納められている。

「よくこれだけの量を用意したものだ。これで戦争を仕掛けるよりは、その金額で食糧の輸入を申し出た方が上手《うま》くいっただろうに」

いくら食糧不足とはいえ、農業大国だったジャナキ王国には、まだそれだけの余裕はあるはずだ。

サルジュの呟きに、アメリアも同意する。

これから彼が開発する雨を降らせる魔導具ならば、ベルツ帝国の状況を救えるかもしれない。だが最初からベルツ帝国は、大陸のこちら側と交渉するつもりはまったくないのだろう。だからこそ数十年前にビーダイド王国の王女をさらったり、幼い頃のサルジュを誘拐しようとした。

しかもリースを唆《そそのか》して、アメリアまで帝国に連れ去ろうとしたのだ。

アロイスのこともあるので、それらがすべてベルツ帝国の皇帝の意思なのかどうかはわからない。だが年齢から考えても、少なくとも数十年前の王女誘拐事件と、幼い頃のサルジュの事件には、アロイスは関わっていないはずだ。

「いっそ、こんな山脈などなかったらよかったのに」

アメリアは、思わずそう呟いてしまう。

ベルツ帝国は、山脈の向こう側ではただひとつの国だった。

だからこそ他国との協調を知らず、緊急時に頼ることも知らなかった。

そして魔法がどれだけ強いものなのか、その魔導師を多数抱えるビーダイド王国がどれほどの強さなのか、知ることもなかったのだろう。

「アメリア様、何を……」

けれど、さすがに少し過激な発言だったかもしれない。

焦《あせ》ったようなカイドの声で我に返るが、サルジュはアメリアに同意して頷いた。

「そうかもしれない。アレクシス兄上なら、こんな兵器など使わずとも崩せるだろう」

「たしかにアレクシス様ならできそうですが、むやみに自然を壊してはなりません。せめて、転移魔法の魔方陣を設置するとか……」

サルジュまでそんなことを言い出したので、カイドが慌ててそう言った。

考えてみればたしかに彼の言うように、自然を破壊するのはあまり良くないので、魔方陣は良い考えかもしれない。

「とにかく今は、この武器庫を何とかしないと」

カイドがそう言った途端、背後から低く押し殺した声がした。

「……そうはさせない」

振り返ると、アロイスが武装した兵士たちを引き連れて道をふさいでいる。

「まさかビーダイド王国の噂《うわさ》の第四王子が、こんなところまで乗り込んでくるとはな」

彼はそう言うと、アメリアを見つけたときのように不敵な笑みを浮かべた。

「そちらから来てくれるとは思わなかった。ぜひ、帝都まで招待させてほしいものだ」

そう言いながら手を上げると、兵士たちが三人を取り囲む。

「彼らは洗脳していないようだな。本物の仲間か」

周囲を見渡したサルジュがそう呟くと、アロイスは明らかに動揺した。

「……何を言っている」

「町の広場に集められた兵士たちは、全員が洗脳されていた。けれどここにいる兵士たちは違う。何が目的だ？　帝国を乗っ取って、大陸を制覇するつもりか？　どちらにしろ、こんなものを見てしまっては見過ごすことはできない」

サルジュは大量の武器を見てそう告げる。

「……たった三人で、何ができる」

「魔導師が三人だ。あまり魔法を侮らない方がいい」

挑発するわけでもなく、淡々とそう言うと、サルジュは振り返って武器庫を見た。それだけで、大量にあった武器はすべて土塊《つちくれ》となり崩れ落ちる。

「！」

これにはベルツ帝国の者だけではなく、アメリアも驚いた。

（魔法というよりは、サルジュ様がすごいのでは……）

カイドも同じように驚いていたので、その認識で間違いないだろう。

「……っ」

アロイスは、目の前で起きたことが信じられないように目を見開き、言葉も出ない様子だ。サルジュはそんな彼に近づき、その耳もとに何事かを告げる。

それが何だったのか、わからない。

けれど呆然《ぼうぜん》としていたアロイスの瞳に、瞬時に恐ろしいほどの殺意がこもったのが見て取れた。

「貴様……」

「サルジュ様！」

危険を察知したアメリアとカイドが駆け寄るよりも早く、逆上したアロイスの指がサルジュの首に絡《から》みつく。渾身《こんしん》の力が込められているのがわかって、アメリアは悲鳴を上げた。

何とかして彼を助け出さなくては。

アメリアは必死に考える。

使えるのは、水魔法だけ。

けれど水魔法に攻撃手段はない。治癒魔法や、水を出したり降らせたりするだけだ。

でも水が脅威になることもある。

豪雨。濁流。すべてを押し流してしまうほど強い、水の勢い。

それを思い浮かべて、アメリアは呪文も魔方陣さえもなく、ただアロイスに向かって魔法を放った。

「ぐあっ」

サルジュのことを思い、彼を助け出したくて全力を出したその魔法は、アロイスをアメリアが思っていた以上に吹き飛ばした。

それだけではない。

まるで濁流のように勢いのある水は、アロイスだけではなく三人を取り囲んでいた兵士たちまで押し流してしまったのだ。

だがアメリアは、他は何ひとつ顧みず、アロイスから解放されたサルジュに駆け寄って、彼を胸に抱きしめる。

「サルジュ様、よかった……」

アロイスを襲った水は、サルジュには何ひとつ危害を加えていない。まったく濡《ぬ》れていない彼の

髪に頬を摺《す》り寄せて、その無事を確認して安堵した。

「アメリア、すまない」

何度か咳《せ》き込んだサルジュは、自分を抱きしめるアメリアの背に手を回して、宥めるように撫でる。

「少し確認したいことがあった。まさか彼が、あんなに逆上するとは思わなかった」

「それはどんな……」

アメリアが首を傾《かし》げると、サルジュは視線を武器庫の奥で土塗《つちまみ》れになって倒れているアロイスに向ける。

「今から数十年ほど前に、ビーダイド王国の王女がベルツ帝国にさらわれたことがあった。彼女は私の祖父の妹で、変わった魔法を使ったと聞く」

「変わった魔法、ですか？」

「そう。隠蔽《いんぺい》というか、人の関心や興味を自分から逸《そ》らす魔法を使っていたようだ」

王女はその魔法を使って、よくひとりで自由に過ごしていたらしい。

彼女は王家に生まれたにしては魔力があまり高くなく、ひとりでいることを好むおとなしい王女だったそうだ。

「人の興味を逸らす……。それは人の意識を操作していることになるかもしれないと思ってね。魔法の素質は遺伝しやすいから」

「それは……」

アロイスは、そのさらわれた王女の血を引いているのではないか。

サルジュはそう思って、尋ねてみたらしい。

「さらわれた王女殿下は、その後どうなったのですか?」

「ベルツ帝国の男性と恋仲になり、彼の協力を得てジャナキ王国に逃げたと聞いている」

王女は一緒に逃げてきたその男性との仲を父である国王に反対され、帰国を拒んでそのままジャナキ王国で暮らしていたらしい。

もしふたりに子ども、そして孫がいるのなら、ジャナキ王国で暮らしているのではないか。アロイスがジャナキ王国にいたのも、生まれ育った国だからではないか。

サルジュはそう考えたのだ。

だがそれを尋ねられたアロイスが、なぜあそこまで逆上したのかわからない。

でもアロイスが自身のことを魔導師のなり損ないだと言っていた理由はわかった。

いくらビーダイド王国王家の血を引くかもしれないとはいえ、長い間魔法が絶えていたベルツ帝国の男性との子どもには、魔法が使えるほどの魔力や素質がなかったのだろう。

もっとも、すべて想像でしかない。

「それにしても、アメリアの魔法はすごかったね。あれはどんな魔法?」

サルジュにそう尋ねられ、戸惑う。

「自分でもよくわかりません。ただ、サルジュ様を助けたい一心で。魔方陣も呪文もなく、ただ水をぶつけただけです」

「そうなのか。でも無詠唱で魔法を使える者は、王族以外誰もいない。素晴らしいことだ」

そう褒め称えられたが、サルジュを助けたいと、その気持ちだけで使った魔法である。もう一度使えるかどうか、自分でもよくわからないほど曖昧なものだ。

「これからどうされますか？」

「他にもアロイスに賛同している者がいるかもしれない。武器庫はすべて無力化した方がいいだろう」

サルジュは武器庫すべてを無力化すると、カイドを見た。彼は心得た様子で、倒れているアロイスとその部下たちを拘束する。

病気だというベルツ帝国の皇帝も、過去の所業から考えると、それほどアロイスと違うとは思えない。一度向こうに戻ってこのことを伝えた方がいいというカイドの意見に、アメリアも異存はなかった。

その際、アロイスも連れて行くことになった。

彼をここに残しておけば、また人々を洗脳してこちら側に攻め込もうとするかもしれない。それに、アロイスにはまだ聞かなくてはならないことがたくさんある。

広場に集められた人々の洗脳は、サルジュが解いてくれた。

彼らが今までどうしていたのか、これからどうしたいのか困惑していた様子で話し合っている。

そのうちにと、サルジュの移動魔法でようやく山脈の向こう側に帰ることができた。

第五章　帰国

サルジュはあらかじめ、ジャナキ王国の王都に移動すると通信魔法で兄たちに伝えておいたようだ。

アメリアとカイド、そしてアロイスを連れてジャナキ王国の王都に移動すると、そこには見慣れた顔がずらりと並んでいた。

マリーエとユリウス。

そしてアメリアの護衛である、リリアーネ。

さらに、王太子のアレクシスと王太子妃のソフィアまでいる。

「アメリア！」

「アメリア、無事でよかった」

彼らの姿を確認した途端、左右から抱きつかれる。

マリーエと、王太子妃のソフィアがアメリアを挟むように抱きしめていた。

帰国途中だったマリーエはともかく、ソフィアまでジャナキ王国に来ているとは思わなかった。

「大丈夫？　怪我《けが》はない？」

「無事でよかったわ。怖かったでしょう？」

「……マリーエ、ソフィア様」

ふたりの顔を見て、ほっとする。

「ありがとうございます。ご心配をおかけしました」

少し離れたところに、リリアーネが立っていた。

「アメリア様。お守りできずに申し訳ございません」

「ううん、リリアーネさんのせいじゃないわ。向こうはとても特殊な魔法を使うみたいで」

正確には魔法ではないのかもしれないが、ここで説明すると長くなってしまうので、そう言っておく。

それに、誰にも告げずに何とかしようとした自分が一番悪い。そのせいで、サルジュまで危険に晒《さら》してしまったのだから。

「悪いのは、わたしなの。本当にごめんなさい」

そう謝罪すると、リリアーネもアメリアを抱きしめてくれた。

落ち着いてから周囲を見渡してみると、ここはどうやらジャナキ王国の王城にある大広間のようだ。

普通なら他国の人間が王城内に転移することは許されない。

だがこの国の王女であるクロエが原因となってしまったこともあり、許可が下りたのだろう。

周囲にはビーダイド王国から来たと思われる魔導師がたくさんいた。カイドが連れてきたアロイスを取り囲み、彼の指示でどこかに連れて行く。

サルジュのもとには王太子のアレクシスと、ユリウスがいた。

あらかじめ何があったのか伝えていたようで、ふたりは大体の経緯は知っているようである。だがサルジュはアロイスについて、さらに詳しく説明している様子だ。アレクシスとユリウスの顔が険しくなり、三人は真剣な様子で話し合いをしている。

「向こうは時間がかかると思うから、アメリアは少し休みましょう?」

「……でも」

マリーエの提案に、自分ひとりだけ休むことはできないと、アメリアは首を振る。

サルジュはそんなアメリアの様子に気が付いたようで、兄たちに断ってこちらに歩いてきた。

「アメリアは休んだ方がいい」

「サルジュ様。ですが……」

「あれだけの魔法を使ったからね。今は大丈夫かもしれないけれど、少し気持ちが落ち着けば、今度は疲れが出てくると思うよ。だから今のうちにゆっくりと休んでほしい」

心配そうに言われてしまえば、断ることはできなかった。

「わかりました。休ませていただきます」

「よかった。リリアーネ、アメリアを頼む」

「承知いたしました」

ユリウスとアレクシスにも軽く挨拶をして、マリーエ、リリアーネ、そしてソフィアに付き添われてこの場を退出する。

ジャナキ王国では客間を多数提供してくれたらしく、案内してくれた侍女に、その部屋のひとつに通された。アメリアに宛がわれた部屋はとても広くて、寝室の他に応接間と浴室もある。

侍女が事前に準備をしてくれたようで、すぐに入浴することができた。

魔法で綺麗《きれい》にはしてきたが、ずっと乾燥した砂漠にいたので、温かいお湯に浸かることができてほっとする。ゆっくりと入浴を楽しんだあとに上がると、待っていたマリーエが風魔法で髪を乾かしてくれて、ソフィアが自らお茶を淹《い》れてくれた。

いつも淹れてくれるハーブティーだ。わざわざ持ってきてくれたのだろう。

緊張していた心が、優しく解けていく。

気が付くとうとうとしていたようで、ふたりにベッドで休むように言われた。

「すみません……。せっかく一緒にいてくださったのに……」

「いいのよ。むしろゆっくりと休んでほしいわ」

「隣の応接間にいるから、安心して。リリアーネに付いていてもらう？」

「……はい」

「アメリア様、こちらにどうぞ」

リリアーネに付き添われて、寝室に向かう。彼女が傍《そば》にいてくれたので、ゆっくりと休むことができた。

サルジュが言っていたように、自覚はなかったが相当疲れていたらしい。そのまま翌日の朝までぐっすりと眠ってしまった。

起きて身支度を整え、侍女が持ってきてくれた朝食をとる。

それからマリーエとソフィアが会いに来てくれて、ようやく気になっていたことを尋ねることができた。

「あの、クロエ王女殿下はどうされていますか?」

昨日の礼を言ってからそう切り出すと、ふたりは少し言いにくそうに顔を見合わせた。

「洗脳されていたとはいえ、あなたとサルジュを危険に晒したのは間違いないから、自室で謹慎しているわ。エストとの婚約も、今後どうなるかしら」

「……そうですか」

ソフィアの答えに、アメリアは肩を落とす。

(魔力が低いせいで、アロイスの標的になってしまった。でも、それはクロエ王女殿下のせいではないのに)

そうわかっていても、何の責任も問わないわけにはいかなかったのだろう。今は会うこともできないようで、アメリアは後で手紙を書いて届けてもらうことにした。

「向こうでは、大変だったようね」

アメリアが眠っている間に、ソフィアはアレクシスから色々と聞いたらしく、気遣うようにそう言ってくれた。

「まさかベルツ帝国に飛ばされてしまったなんて……」

「サルジュ様が一緒でしたから、そこまで大変ではありませんでした。サルジュ様の魔法は本当にすごくて」

植物を一瞬で成長させる土魔法に、修繕魔法。さらに、それらをすべてもとに戻す退化魔法まで。

向こうで起こったことをひとつずつ説明すると、ソフィアは深いため息《いき》をついた。

「たしかに素晴らしいけれど、魔力不足で倒れてしまってはね。本当に、サルジュはアレクシスによく似ているわ。やり過ぎて倒れてしまうところも、そっくり。ユリウスはまだ常識があるけれど……」

「そうですね。ユリウス様は無謀なことは絶対にしませんから」

信頼しきっているマリーエの姿に、ソフィアは羨《うらや》ましいわ、とぽつりと呟《つぶや》いていた。

彼女もそれなりに苦労しているようだ。

それでもアレクシスのことを語るソフィアの瞳は熱を帯びていて、ふたりの間には、たしかな信頼関係があることがわかる。

自分とサルジュも、そうなれたらいいと思う。

（ふたりでいるとより心配だなんて言われているようでは、駄目ね。わたしがいるから安心だと言ってもらえるように、頑張らないと）

それにサルジュは、無理はしないと約束してくれた。これからはその約束をきっと守ってくれることだろう。

アロイスがもしかしたらビーダイド王家の血を引いているかもしれないということは、ふたりにも話さなかった。

アメリアにも詳しい話はわからないし、おそらく今頃は色々と調査している頃だろう。中途半端に話してしまうよりも、結果が出てから知った方がいい。

そのまま三人でゆったりと過ごし、昼食後にようやくサルジュと会うことができた。

アメリアと違い、彼はあれから休まなかったようで、ジャナキ王国のための成長促進魔法を付与した肥料のこと。さらにアメリアが考案した雨を降らせる魔導具について、兄たちに熱心に語っていたらしい。

最後にはユリウスによって、無理やり寝室に押し込められたようだ。

サルジュに会いに行く前にアメリアはユリウスに会い、サルジュの首に残っていた指の跡のことを聞かれた。あれだけの力を込めていたのだから、残ってしまっていたのだろう。

正直に、それがアロイスによるものだと答える。

彼の出自については、アレクシスも含めて、慎重に探っているらしい。

数十年前にさらわれた王女には、子どもがいなかったことになっている。

ユリウスはそれだけ教えてくれた。

アロイスはビーダイド王家とはもともと関係がなかったのか。それとも、王女の子どもが生まれたものの、いなかったことにされたのか。

それは、これからの調査ではっきりとするのだろう。

だがユリウスもアメリアも互いに口には出さなかったが、サルジュが魔法の系統から血縁関係ではないのかと考えたのならば、おそらく間違いないだろうと思っていた。

「明日も聞き取り調査を行う予定だが、そんな危険なことがあったのなら、サルジュには同席させないようにする。アメリア、サルジュを助けてくれてありがとう」

礼を言われて、アメリアは首を振る。

「いいえ、わたしはただ夢中で。それにサルジュ様もいたのに魔法を放つなんて、むしろ罰せられても仕方のないことでした」

アメリアの魔法は運よくサルジュを避けてくれたが、コントロールができていない魔法だったことを考えると、とても危険な行為だった。

「いや、心配はいらない。とっさに放った魔法は、その人の本質を示している。アメリアの魔法が誰かを、ましてサルジュを傷付けるなんてことは絶対にあり得ない」

信頼してくれる心が嬉《うれ》しくて、だからこそけっして裏切れないと思う。

ユリウスと別れてからサルジュに会いに行くと、彼はベルツ帝国から持ち帰ったデータをまとめていた。よほど熱中しているらしく、アメリアにもすぐには気が付かなかったくらいだ。

「ああ、アメリア」

ようやく気が付いたサルジュは、手にしていた資料をすべて机の上に置いて、アメリアに手を差し伸べる。

いつものようにその手を握り、導かれるまま、彼の隣に座る。

「昨日はゆっくり眠れたかい？」

「はい、おかげさまで。サルジュ様もきちんとお休みくださいね」

「……そうだね。さすがに今日は休むことにするよ」

そう言いながらも、サルジュの話は新しく開発する予定の肥料や魔導具の話ばかりだった。

「無理はしないと、約束してくださいましたよね」

その言葉に、サルジュははっとしたようにアメリアを見て、そして柔らかく微笑んだ。

「そうだったね。もちろん約束は守る。アメリアとの約束だからね」

資料を片付けたサルジュと一緒に、ゆっくりとお茶を楽しんだ。


サルジュと別れて部屋に戻ったアメリアは、ベッドに腰を下ろして、ぼんやりと考え込んでいた。

机の上に置かれているのは、ジャナキ王国の王女クロエからの手紙の返信だ。

アロイスに対する取り調べの結果、彼女は完全に被害者だとわかったので、謹慎が解けたらしい。

クロエの意識は完全にアロイスの支配下に置かれていて、恋心でさえ彼女のものではなかったと判明したからだ。

先ほどサルジュは、クロエの様子も話してくれた。

ビーダイド王国から駆けつけたアレクシスによって洗脳を解かれたクロエは、もうアロイスへの恋心を口にすることはなかった。むしろもう彼に会うのは怖いと怯《おび》えている様子だったという。そんな彼女に、ソフィアやマリーエも同情的だったらしい。

「魔力が弱くて洗脳されてしまったのなら、かえってビーダイド王国にいた方が安全だと思うの。もし何かあっても、アレクシスたちがすぐに異変に気が付くわ」

ソフィアがそう言っていたようで、エストとの婚約は保留のまま、彼女は予定通り留学生として、ビーダイド王国に行くことが決まっていた。

クロエからの手紙には迷惑をかけてしまった謝罪と、これから真面目に魔法の勉強に励みたいということが丁寧に書かれていた。

きっと彼女はもう大丈夫だ。

そうして、すべての元凶だったアロイスは、目が覚めると周囲の人間を操って逃げようとしたらしい。

けれど彼の周囲を固めていたのはジャナキ王国の兵士ではなく、ビーダイド王国から派遣された魔導師たちだ。彼らは全員貴族出身で、アロイスよりも強い魔力を持っていたため、彼の洗脳は効果がなかった。

逃げられないとわかると、アロイスは急に大人しくなり、静かに過ごしているという。念のため、今は彼に魔封じの腕輪をつけている。

アロイスの件でずっと奔走していたアレクシスはサルジュとアメリア、そしてユリウスを呼び出して、その現状を話してくれた。

そのアロイスがなぜ、こんなことをしたのか。

彼は結局、何者だったのか。

それについては、サルジュが語ってくれた。

「ベルツ帝国で過去を視《み》た。そして、それはアロイスが真実だと思っていることとまったく違っていた」

そう言ってサルジュは、自分が視た過去を話し始めた。

「王女が連れ去られた事件は、今から五十五年前のことだった。彼女は、ベルツ帝国の王城に幽閉されていたらしい」

ベルツ帝国の皇帝の狙いは、光属性の子どもを持つことである。

本来なら直系の王族でないと引き継がれないものだが、ごくまれに王太子の子ども以外にも、光属性の子どもが生まれたことがあった。

そんなわずかな可能性にかけて、皇帝はさらってきた王女を自分の妻にするつもりだったようだ。

けれど王城に勤める騎士は、さらわれてきた王女を哀れに思い、彼女を王城から逃がした。か弱く頼りない王女の逃亡を手伝って一緒に逃げているうちに恋仲になり、逃亡生活中に、ふたりの間には娘が生まれていた。

だが皇帝も王女を諦めず、執拗《しつよう》に追っていた。

追い詰められた王女は、最後の手段として移動魔法で山脈を越えようとする。

「その王女の魔力は、王家の者にしては弱かったらしい。まして、複数の人間を移動させるには、かなりの魔力を消費する。彼女はその移動魔法を失敗してしまった。大切に腕に抱えていたはずの娘を、ベルツ帝国に置き去りにしてしまったようだ」

サルジュの語った過去の話に、アメリアは息を吞む。

王女は娘を取り戻そうと必死になったが、彼女の父である当時のビーダイド国王は、ベルツ帝国出身である夫の存在すら認めてくれない。

娘を取り戻すために協力してくれることもなかった。

王女は父に反発して国に戻ることもなく、夫とともにジャナキ王国で暮らしていたようだ。

そのうち置き去りにされた娘は追っ手に連れ去られ、皇帝の娘として王城で育てられていることが判明する。

「ベルツ帝国の皇帝はその子どもを自分の娘として育て、母親は娘を捨てて男と逃げたのだと、そう教えたようだ」

そして孤独に育った娘は、自分を捨てた母親を憎んだ。

彼女は光魔法どころか普通の魔法さえも使えなかった。自分の血をまったく引いていない娘を、皇帝もそのうち疎《うと》ましく思い、冷遇したようだ。

その娘の子どもが、アロイスである。

娘は我が子に、自分を捨てた母親に対する憎しみ、父親に対する恨みを訴え続けた。やがてその娘は病で亡くなってしまい、恨みの中で育ったアロイスが残される。

彼は母の無念を晴らそうと、ベルツ帝国の乗っ取りと、ビーダイド王国に対する復讐《ふくしゅう》を志したのだ。

クロエを洗脳してエストとの婚約を破棄させようとしたのは、攻め込む際に援軍を要請されないように、ジャナキ王国とビーダイド王国のつながりを断つためだろう。

祖母が逃げ込んだのがジャナキ王国なので、その恨みもあったのかもしれない。

「アロイスにとってビーダイド王国出身の祖母は、自分の母親を捨てて男と逃げた非道な人であり、母親の不幸の元凶。そう思い込んでいるのか」

確認するアレクシスの言葉に、サルジュは頷《うなず》いた。

「しかし、それほど過去のことも再現魔法で視ることができるのか？」

ユリウスの問いに、サルジュは頷いた。

「強い想いは、長い年月が経過しても残っていることが多い。実際にあの町に行ったこともあり、それを視ることはそれほど難しくはなかった」

アロイスが兵器を集めていたあの町で、王女は娘を置き去りにしてしまったのだろう。娘に対する罪悪感や絶望が、五十五年もの歳月を経ても残っているというのか。

母親と同じように魔法の才能はなかったが、それでもわずかな魔力を祖母から受け継いだアロイスは、周囲を洗脳して皇弟に成りすました。

そうして乾いた大地に実りを取り戻すという名目で、祖母が逃げ込んだという大陸の向こう側に攻め込もうとしたのだろう。

だがアロイスの本当の父は王女を連れて逃げた騎士であり、彼自身はベルツ帝国の皇族の血は引いていない。

彼が受け継いでいるのは、ビーダイド王国の王族の血だけだ。

「アロイスに襲われたとき、何を言った？」

アレクシスの問いに、サルジュは答える。

「その魔力は、あなたが祖母から受け継いだものだ。それと、あなたの祖母は娘を置いて逃げたのではなく、不幸な事故だったのだと」

ずっと憎んでいた祖母から受け継いだものだと指摘され、さらに信じていたことと異なる真実を伝えられて、アロイスは困惑し、嘘《うそ》だと逆上したのだろう。

「それを再現魔法で視せても、彼は信じないだろうな。長年信じてきたことを覆《くつがえ》すのは、簡単なことではない」

アレクシスはそう言って、険しい表情をする。

ビーダイド王国の王子たちは兄弟仲がとても良く、結束が固い。

アロイスのことも、同じ血を引いているのだと思うと放っておけないのかもしれない。

「どちらにしろ、アロイスもビーダイド王国に連れて行く。ベルツ帝国の対策やジャナキ王国への対応は父上と俺に任せておけ」

アレクシスの言葉に、ユリウスとサルジュは頷いていた。

国同士のことは、国王と王太子であるアレクシスの領分だ。

「明日、移動魔法で帰国する予定だ。光魔法を使う者が三人もいれば、全員で移動できるだろう」

そうして、その場は解散となった。

そうして翌日。

アレクシスとユリウス。そしてサルジュの三人で移動魔法を使い、一行はすぐにビーダイド王国に帰還することができた。

目の前に見慣れた景色が広がって、アメリアはほっと息をつく。

かなりの距離を移動したと思うが、気分が悪くなることもなかった。一瞬でビーダイド王国の王城に辿《たど》り着いたことに感動すらする。

見渡してみると、ここはビーダイド王国の王城の、大広間のようだ。

そこには国王陛下と王妃陛下。そしてひとり残っていたエストが待っていて、消息不明になっていたサルジュとアメリアが無事に戻ったことを喜んでくれた。

「申し訳ございません。わたしが軽率だったせいで……」

アメリアは、自分がサルジュを巻き込んでしまったことを詫《わ》びた。

「そんなことはないわ。婚約者を守るのは当然のことよ」

けれど王妃はそう言って、むしろアメリアを守ったサルジュに満足そうだった。

ジャナキ王国から留学してきたクロエ王女は、これまでの経緯もあってかなり萎縮していた。

けれど国王陛下も王妃陛下も、そして婚約が保留になっているエストも優しく声を掛けていた。

クロエはアメリアと再会したときも、自分のせいで申し訳なかったと何度も謝罪してくれた。彼女では防げない魔法で操られていたのだから、もう気に病まずにいてほしいと伝えたが、罪悪感はなかなか消えないようだ。

この王城から学園に通うことを提案されていたが、クロエは最初から寮に入ると決めていたらしい。

エストの婚約者であることやジャナキ王国の王女であることも伏せて、ひとりの学生として魔法を学びたいと言った彼女の顔はとても真剣で、きっとこの姿が本来の彼女なのだろう。

クロエ王女はアメリアと同い年だったが、基礎から学びたいとのことで、一年生に編入することになったようだ。

さすがにひとりで通わせるわけにはいかないと、同じ学園寮で生活しているカイドの妹のミィーナが世話係として選ばれている。

ミィーナは世話好きで、とても優しい子だ。

アメリアとも、レニア領地を継いでくれる従弟《いとこ》の婚約者という縁がある。彼女ならばクロエを上手くサポートしてくれるだろう。

アロイスはこの大広間ではなく、そのまま地下にある隔離された部屋に連れて行かれた。そこで引き続き、取り調べを受けるらしい。

今までの経緯はアレクシスから説明するということで、アメリアたちはその場で解散することになった。

「今日はもう呼び出されることはないと思うから、ゆっくりと休んでね。夕食も部屋に運ばせるわ」

「ありがとうございます」

そう言って部屋まで送り届けてくれたソフィアに礼を言って、別れる。

侍女の手伝いを断って着替えをすませると、まだ日は高かったが、そのままベッドに潜り込んだ。

柔らかなベッドの中で、ほっと息をつく。

（色んなことがあったわ……）

今までのことを、ひとつひとつ思い出す。

初めての公務に、クロエ王女との関係に悩んだこと。

彼女が恋人と駆け落ちしようとしていることを知って、阻止しようと動いたこと。

さらにクロエの恋人は魔法のようなもので彼女を操っていて、そのアロイスに連れ去られそうになったこと。

アメリアは、肌身離さず身に着けている、サルジュからもらった指輪を見つめた。

（サルジュ様が助けてくれて……。砂漠に飛ばされてしまったけれど、色々な体験をしたわ）

サルジュの魔法の凄《すご》さも、あらためて実感することができた。

アメリア自身も、今後の課題や、これからやらなくてはならないことが明確になった。

（サルジュ様の、成長促進魔法を付与した肥料の開発と、雨を降らせる魔導具の開発と……）

ベルツ帝国との関係によっては、魔導具は必要ないものになる可能性もあるだろう。

アロイスの件を別にしても、ベルツ帝国にこちらに歩み寄る意思は見られないからだ。

先々代の皇帝はアロイスの祖母である王女をさらい、今の皇帝は幼い頃のサルジュを誘拐しようとした過去がある。

そんな帝国が、素直にこちらに助けを求めるとは思えない。

でもサルジュの魔導具は素晴らしいものだ。

ベルツ帝国に住まう人たちにも、優しくて親切な人がたくさんいた。

いつか彼らのために役立つことを祈って、魔導具の開発は続けていくだろう。

ジャナキ王国から持ち帰ったデータもたくさんある。

それも整理して、わかりやすくまとめなくてはならない。

（でも、今日は疲れてしまったから……）

サルジュに無理をするなとあれだけ言っておいて、自分がするわけにはいかない。アメリアはそのまま目を閉じる。

途中で侍女が夕食を持ってきてくれて、それを食べたあとにゆっくりと入浴した。それから再びベッドに潜り込み、今度は翌朝までぐっすりと眠っていた。

朝になると疲労もすっかりと消え、さわやかな気分で目覚めることができた。

身支度を手伝ってくれた侍女に朝食はどうするか聞かれ、少し考えたあとに食堂に行くと答える。

そこには、ソフィアとユリウス、エストがいた。

アレクシスは昨日からずっと忙しいようだ。サルジュはどうしたのかと思っていると、少し遅れて彼もやってきた。顔色も良さそうで、研究に没頭してまた徹夜をしたのではないかと心配していたアメリアは、ほっとした。

「昨日はゆっくりと休めた？」

ソフィアがそう気遣ってくれた。

「はい。昨日はほとんど眠っていました。おかげですっかり回復したようです」

「それはよかったわ。ユリウスもサルジュも大丈夫？」

ふたりも揃《そろ》って頷いた。

「アレクシス様は大丈夫でしょうか？」

この場にいない彼のことを案じると、エストが心配いらないと笑って答えてくれた。

「アレク兄上のことは心配いらないよ。あの人は丈夫だし、光の加護も強い。むしろ周囲の人たちを気遣った方が良さそうだね」

アレクシスと同じように動いていたらきっと体が持たないと、エストは気の毒そうに言う。

学園は、しばらく休んでも良いらしい。

学園寮で暮らすことになったクロエ王女のことが少し心配だったが、向こうは一年生の普通学級で、アメリアとは学園内で会うことはほとんどないだろう。

カイドの妹のミィーナと、従弟のソルに任せておけばきっと大丈夫だ。

朝食後、サルジュはさっそく図書室にこもってしまった。

アメリアも彼を手伝うつもりだったが、思い直して自分の部屋に戻る。

ミィーナとソルに、クロエのことを頼むと手紙を書き、クロエにも、何か困ったことがあったら何でも相談してほしいと書き記した。

その手紙を、学園寮で暮らしている彼女たちに渡してほしいと侍女に託して、それから図書室に向かう。

サルジュはアメリアにすぐ気が付いて、手を止めて顔を上げた。

「アメリア、ちょうどよかった。魔導具に付与する水魔法のことだが……」

雨を降らせる魔導具について、さっそく研究を進めているらしい。

「色々と実験してみたが、やはり魔導具の核には宝石を使った方がいいようだ。水属性の魔法を付与するには、どの宝石が最適なのか知りたい」

「はい。色々と試してみますか？」

「ああ、頼む」

それから一日かけて、いくつもの宝石に魔法を付与してみる。どうやらアクアマリンが一番良さそうだという結果が出た。

明日もまた手伝うことを約束して自分の部屋に戻ると、クロエから手紙の返信が届いていた。そこには、迷惑をかけてしまったことを改めて謝罪する言葉と、気に掛けてくれたことに対する礼が書かれていた。

今度ミィーナとマリーエも交えて、お茶会でも開いてみたいと思う。

その後、アロイスの話はあまりアメリアの耳には入ってこなかったが、聞き取り調査と王家の人間だけでの話し合いは続いているようだ。

彼のやったことは許されないことではあるが、その不幸な生い立ちを知ってしまうと、彼にも救いがあるようにと願ってしまう。

ベルツ帝国との関係も、このまま平行線が続くかと思っていた。

だが、どうやら急展開を迎えたようだ。

病に伏していた皇帝がとうとう回復することもなく亡くなってしまい、新しい皇帝が即位した。

まだ若い皇帝は、帝国全土を悩ませている食糧事情を何とかしたいと強く思っているらしく、軍の縮小化と他国との交流を図ろうとしている。

アロイスの件も把握したらしく、被害に遭ったジャナキ王国とビーダイド王国にも、謝罪がしたいと申し出てきたようだ。

アレクシスがジャナキ王国に赴き、向こうと相談しながらベルツ帝国との話し合いの場を設けるらしい。

あまりにも急な展開に、アメリアは少し戸惑っていた。

ベルツ帝国とは長期にわたる因縁があった。それがまさか、代替わりした途端に解決に向かうなんて思ってもみなかった。

その代替わりさえ、まだ先のことだと思っていたのに。

ベルツ帝国も含めて、この大陸はもう人間同士で争っている場合ではないのだろう。

冷害が厳しいこちら側と、砂漠化に悩まされている向こう側。

どちらも年々、状況は厳しくなっている。

そしてサルジュは国という枠にはとらわれずに、多くの人を救いたいと願っているのだろう。

なればアメリアも、その心に寄り添うだけだ。

第六章　新たな目標

ベルツ帝国の新しい皇帝はカーロイドといい、年は二十八歳らしい。まだ結婚しておらず、皇妃候補さえも決まっていなかった。

皇太子だったはずの彼にはあり得ないことだが、カーロイドは皇帝が病に倒れる前はまったく表舞台に出てきていなかったようだ。

どうやら父である皇帝に色々と意見を述べて不興を買ったらしく、ずっと王城の奥深くに幽閉されていたらしい。

軍を強化するよりは、農地の拡大を。

攻め込むのではなく、山脈の向こう側の国との対話を。

そう言い続けていた彼に賛同する者は、帝国にもいたようだ。

だからこそ皇弟が病に倒れたとき、彼を幽閉された場所から助け出そうとした者もいた。

けれどそこにアロイスが介入し、周囲を洗脳して皇弟として振る舞い始めた。

彼が皇帝の弟を名乗ったのは、皇太子であるカーロイドよりも上の立場で都合が良かったからだろう。幽閉されていた皇太子よりも、皇帝が全権を託したように思わせていた皇弟が力を持つのは当然のこと。

こうして彼のことは忘れ去られて、王城の奥深くに押し込められたままだった。

それが、皇帝が亡くなり、アロイスがビーダイド王国に捕えられたことで、ようやくカーロイドは皇太子として、次期皇帝として王城に復帰した。

「彼が最初に行ったのは、武装解除だったらしい」

ようやく王城に戻ってきたアレクシスは、妻のソフィアと弟たち、そしてアメリアを応接間に集めて、これまでの経緯を説明してくれた。

毎日休みなく動き、何度もベルツ帝国とビーダイド王国を行き来していると聞いていたが、エストが大丈夫だと言っていたように、その顔には疲労の色はまったくない。

「山脈を隔てているとはいえ、国境付近に兵を集合させているのは不穏なことだと、最低限の警備を残して、他はすべて撤収させたようだ」

カーロイドは最初から、アロイスが皇弟ではないことを知っていた。

いくら冷遇されていたとはいえ、アロイスの母は皇帝の娘として王城で育ったのだ。血の繋《つな》がりのないことを知らないカーロイドにとって、アロイスは叔母の息子。従弟《いとこ》という関係であった。

そして真実を知った後は、祖父の暴挙の被害者として、アロイスに謝罪したいと言っているらしい。

「次の皇帝が真っ当な人間でよかった。というよりも、先代と先々代が独裁者だったということだ」

アレクシスはそう説明すると、深くため息をついた。

「だが皇帝が変わっても、国の内部は前皇帝のときのままだ。あまりにも急激に方針を変えようとしていることもあり、敵も多いらしい。まだまだあの国も、前途多難だろう」

今まで王城に幽閉されていたカーロイドには、味方がほとんどいない。

さらにずっと追い続けてきた理想を何としても叶《かな》えようと、強引に改革を推し進めようとしているのだから、さらに敵を増やしてしまう可能性がある。

彼の理想に賛同し、味方になってくれる人たちもいる。けれどそういう人たちは、前皇帝に疎《うと》まれ、権力を削《そ》ぎ取られている者ばかりだ。

「さらに、カーロイドには弟が二人いる。どちらも前皇帝の寵姫《ちょうき》たちの子どもだ。皇帝が急死したこともあり、遺言がなかったことで長男のカーロイドが新皇帝になったが、まだその弟たちは皇帝になることを諦めていない。権力争いが始まるのは、時間の問題だろう」

「そんな……」

内部戦争が起きれば、向こうの食糧事情はますます厳しくなる。

あの砂漠を実際に体験したアメリアからしてみれば、あの状態で争うなんて正気ではないと思ってしまう。

だが、ベルツ帝国の王城で育ったアロイスが、手に入らないのなら奪えばいいと思ったように、他の者たちもそう考えているのだろうか。

そうだとしたら、向こうではカーロイドの考えだけが異端なのか。

もしカーロイドが権力争いに負けてしまえば、こちらの大陸の国も無関係ではいられない。魔法大国のビーダイド王国は無理でも、ジャナキ王国をはじめとした、他の国に攻め込む可能性がある。

「これ以上の争いは無意味だ。だから我が国は、新皇帝のカーロイドと手を組むことにした」

アレクシスの言葉に、エスト、ユリウス、そしてサルジュも、異存がないことを示して頷《うなず》いた。

たしかにカーロイドの改革は性急かもしれない。

だが、帝国を正しく導けるのは彼しかいない。

もしカーロイドが志半ばで尽きるようなことがあれば、戦火はベルツ帝国だけでは収まらないだろう。

「カーロイド皇帝は、帝国民を味方につけたいと考えている。そこで、サルジュ」

アレクシスに名前を呼ばれて、サルジュが顔を上げる。

兄が何を言いたいのか、すべてわかっているようだ。

「アメリアが提案してくれた、雨を降らせる魔導具ですね」

「そうだ。お前にばかり頼るのは心苦しいが、なるべく急いで試作品を完成させてほしい。近々、カーロイド皇帝の即位の儀式が行われる。俺はそれに参列して、祝いの品としてその魔導具を渡す。試作品で構わない。完成した製品は、きちんと購入してもらうことになっている。その儀式は、一か月後だ」

他国との交流は、どれだけこの国に利益をもたらすのか。

魔法大国と言われるビーダイド王国が、どれほどの力を持っているのか。

それは、侵略などしても勝てる相手ではないとベルツ帝国の貴族たちに示すことにもなる。

サルジュはまっすぐに兄の瞳を見つめ、真摯《しんし》な顔で頷いた。

「わかりました。必ず、完成させてみせます」

これからサルジュが忙しくなるのは、アメリアにもわかった。

だからできる限り手伝うつもりだったのに、週末はひとりで調べたいことがあるからと、手伝いを断られてしまった。

今までこんなことは一度もなかったので、アメリアは少し落ち込んでいた。

（私では、お役に立てないのかしら……）

付与するのは水魔法だから、サルジュひとりでは完成させられないはずだ。

それなのに、アメリアは不要だと言う。

沈んだ気持ちで部屋に戻ると、カイドの妹のミィーナから手紙が届いていた。

そこには、クロエ王女がアメリアにとても会いたがっていること。マリーエが週末に自分の家でお泊まり会をしたいと言っていて、アメリアとクロエ王女も誘いたいと言っていたと書かれていた。

（お泊まり会……）

たしかに王都に戻ったらやろうと、マリーエと約束していた。

サルジュに手伝いを拒まれてしまったので、アメリアの予定も空いている。

手紙ばかりで会えていないクロエの様子も気になる。

ひとりで悶々《もんもん》としているよりは、いっそお泊まり会に参加した方がいいのかもしれない。

サルジュの邪魔をするのは申し訳ない気がして、ソフィアに外泊の相談をした。

彼女はすぐに賛成して快く送り出してくれたので、アメリアは週末、マリーエの家に泊まることにした。

メンバーはマリーエ、リリアーネ、アメリア。

そしてミィーナと、クロエである。

王城まで迎えに来てくれたリリアーネと一緒に、マリーエの屋敷に向かう。

ミィーナ、クロエとはひさしぶりの再会となる。

「元気そうで安心しました」

アメリアがそう言うと、クロエはありがとうございます、と頭を下げる。

「何度もお手紙をいただいて、とても励まされました。ミィーナさんも親切にしてくださって」

旅の途中でマリーエ、リリアーネとお泊まり会をしたときに、ここにクロエも加わる日が来るだろうかと思ったことがあった。それが叶って、アメリアも嬉《うれ》しかった。

国内有数の資産家であるマリーエの屋敷は、敷地もかなり大きくて、つい農地何個分かと考えてしまう。

「これが、ビーダイド帝国の貴族の邸宅……」

呆然《ぼうぜん》としてそう呟《つぶや》くクロエに、ミィーナがマリーエの邸宅は特別だと告げている。

「私の家なんて、これの半分くらいですから」

「そうですね。わたくしの家もです」

ミィーナとリリアーネがそう言っていたが、アメリアにしてはこの半分でも大きいくらいだ。

(うちは……。うん、農地ならどこよりも広いから……)

地方貴族と、王都に邸宅を持つ上位クラスの貴族を比べてはいけない。

そんなことを思って自分を慰めていると、到着が待ち切れなかったのか、マリーエが出迎えてくれた。

「皆、いらっしゃい。来てくれてありがとう。アメリアも大丈夫だった?」

「うん。何も予定はなかったから」

サルジュに断られてしまったことを思い出して、少し落ち込みながら答える。

けれどマリーエの答えは、驚くべきものだった。

「そう、よかったわ。サルジュ殿下にアメリアの予定を聞いたら、週末なら空いているとおっしゃっていたの。これから忙しくなるから、息抜きをさせてやってほしいって」

「……え」

サルジュはマリーエが誘うとわかっていたから、ひとりで調べたいことがあると言ったのだ。

落ち込んでいた気持ちが、一気に上昇していた。

「それに、特注のベッドがやっと届いたの! だから、今日は楽しみましょうね」

「ええ。……本当に作ったの?」

アメリアは、この場にいる友人たちを順番に見つめた。

マリーエ。リリアーネ。ミィーナ。クロエ。

そして、アメリア。

女性とはいえ、五人で寝られるほどのベッドは、果たしてどれくらいの大きさなのだろう。

マリーエの部屋はとても広かったはずだ。

けれど今は、その四分の一ほどを巨大なベッドが占めていて、どうしてもそれに視線を奪われる。

「素敵でしょう？　でも、ベッドで語り合うのは夜になってから。お泊まり会だからね。まずは庭でお茶会をしましょうよ」

そう言って、庭に案内してくれた。

丹念に手入れをされている美しい庭には花が咲き乱れていて、その豪華絢爛《ごうかけんらん》な景色に思わずため息が出てしまう。

「綺麗《きれい》ね」

「今朝咲いた花もあるのよ。見頃でよかったわ」

庭の中央に設置されたテーブルには、色々な種類のお菓子が並んでいる。

それを見たミィーナの表情が曇った。

「アメリアお姉様。どうしたらいいのでしょう」

従弟のソルと婚約することが決まっているミィーナは、アメリアをお姉様と呼ぶようになっていた。ひとりっ子だったアメリアはそれが嬉しくて、彼女を妹のように可愛《かわい》がっている。

「どうしたの、ミィーナ」

「食べられる量には限界があるのに、あんなに美味しそうなお菓子がたくさん……。どれを選んだらいいのでしょうか」

「ふふ。ミィーナさん。この後、みんなでお菓子を作る予定であることもお忘れなく」

マリーエの追い打ちに、ミィーナは絶望とともに崩れ落ちる。

「ああ……」

ミィーナは甘い物が大好きだとソルから聞いていたが、これほどまでとは思わなかった。

(今日は食べられるものだけを選んで、他の日に別のものを食べればいいのでは?)

そう思ったが、言い出せるような雰囲気ではなかった。

「ミィーナ様、大丈夫です」

遠慮がちに周囲を見渡していたクロエ王女が、そんなミィーナの手を握る。

「複雑な経緯でこの国に留学することになった私に、ミィーナ様は親切にしてくださいました。ですから、私がお姉様とよくやっていた方法を教えて差し上げます。それは……。半分こ、です」

「半分こ……」

「そうです。半分こにすれば、二倍のお菓子を楽しめます。ぜひ私と半分こしましょう」

「ありがとう、クロエ様」

マリーエは満足そうに頷いている。

ふと隣にいたリリアーネに視線を向けてみれば、彼女は不思議そうに首を傾《かし》げていた。

「これくらいの量、ひとりで余裕だと思うけれど……」

アメリアは聞かなかったことにして、にこりと笑ってお茶の席についた。

マリーエがお勧めをすべて集めたと言うだけあって、お茶もお菓子も最高級のものだった。すべて限定品やお得意さまにだけ売るような品で、ここでしか食べられないものも多かった。

ミィーナが焦《あせ》っていた理由がわかる気がする。

「このフルーツタルト、美味《おい》しいです」

ミィーナが蕩《とろ》けそうな顔でそう言う。たしかにフルーツの酸味とクリームの甘味。そしてタルト生地の組み合わせが最高だった。

「そうでしょう。でも、このショコラケーキも絶品ですよ」

マリーエは、本当にこの日を楽しみにしていたのだろう。

嬉しそうに色々なお菓子を勧め、たくさんの種類のお茶を用意してくれていた。

「実はユリウス様も、甘いものがお好きなんです。特にこのフルーツタルトがお好きみたいで」

マリーエがそう言ったのをきっかけに、話はそれぞれの婚約者のことになっていく。

「クロエ様は、エスト殿下とはもうお会いになりましたの？」

マリーエの言葉に、クロエは恥ずかしそうに頷く。

「……はい。とても優しくて穏やかな方で」

クロエはそう言って、頬を染めた。

「婚約も、今は保留になっているけれど、前向きに検討してほしいと言ってくださいました。問題を起こしてしまったのは私で、決める権利はエスト様にあるというのに」

「わたくしたちも、あなたと義姉妹になれたら嬉しいと思っているわ」

マリーエに続いて、アメリアも頷く。

「ええ、私も」

クロエは大きな瞳に涙を溜《た》めて、ありがとうございますと頭を下げた。

調査の結果、アロイスがクロエの恋人に成りすましたのは、侵略先のジャナキ王国がビーダイド王国と強く結びつくのを防ぐためだとわかっていた。

たしかにクロエがあのまま駆け落ちをしてしまっていたら、両国の関係は悪化していただろう。交流が絶えていたら、ジャナキ王国がベルツ帝国から侵略されても、対応が遅れていたかもしれない。

その意味でも、クロエの駆け落ちを阻止してくれたアメリアの功績は大きいと、国王陛下から直々に感謝の言葉を告げられた。

アメリアとしては、自分が単独で動いてしまったことでサルジュを巻き込んでしまったのだ。謝罪こそすれ、感謝されるなんてとんでもないと恐縮した。

「エスト様のお優しい心に報いるためにも、学園での勉強を頑張りたいと思います」

そうきっぱりと言ったクロエに、初対面のときの面影はまったくない。

本来はこんなに真面目で優しい女性なのにと思うと、やはりどんな事情があったとはいえ、アロイスのやったことは許されることではないと思ってしまう。

そのアロイスは、まだ語られる真実を嘘《うそ》だと否定して、頑《かたく》なに受け入れようとしないらしい。彼にとってビーダイド王国の王族だった祖母は、母を捨てて絶望の人生を送らせた元凶であり、憎むべき相手なのだろう。

アレクシスやユリウスが会いに行っても、言葉を交わすこともなく、その言葉に耳を傾けることもない。

「人生のすべてを賭けて復讐《ふくしゅう》を決意していたくらいだ。認めてしまえば、自分の存在意義すら失ってしまうのだろう。焦る必要はない。ゆっくりと時間をかけて、受け入れてもらえばいい」

アレクシスはそう語っていた。

アロイスは罪を犯したので、それを償わなくてはならない。でもその贖罪《しょくざい》は、人生のすべてを費やすものではないと思っている。

罪を償ったあとの彼をどうするのか、これからカーロイドも含めて話し合っていくことだろう。

お茶会を楽しんだあとは、全員で恒例のお菓子づくりだ。

「今日はクロエ殿下が初参加なので、簡単なものにしたわ。チョコレートムースよ」

「チョコレートムース……」

ミィーナがうっとりとした顔でそう繰り返す。

動きやすい服に着替えて、エドーリ家の大きな厨房《ちゅうぼう》に移動すると、優しそうな侍女が材料を揃《そろ》えて待っていた。

今日は彼女が作り方を教えてくれるらしい。

「まず卵白を泡立てます。これは大変な作業ですから、マリーエお嬢様の風魔法にお任せいたしましょう」

「ええ、任せて」

ボウルに入っていた卵白にマリーエが呪文をかけると、たちまち白く泡立った。

「はい、これで大丈夫です。次はチョコレートを湯煎いたします」

その作業は、ミィーナとクロエが協力してやっていた。

「リリアーネ様は生クリームを。アメリア様は、こちらのふたつを混ぜてください」

指示通りに作って、あとは冷やし固めるだけだ。

「簡単でしたね」

「ええ、でも美味しそうでしたわ」

「夕飯のあとに、皆でいただきましょう」

初めてお菓子を作ったというクロエはとても楽しかったようで、食べるのが楽しみだと何度も言っていた。

そして、やっとお泊まり会の本番である夜になった。

帰宅したマリーエの両親に挨拶をして、一緒に夕食を頂いたあと、大きなベッドがあるマリーエの部屋に行く。

マリーエの両親は娘にこんなにたくさんの友人ができるなんて、と感激して、これからもマリーエをよろしくお願いしますと頭を下げてくれた。

「もう、わたくしに友人がいなかったことを、何度も繰り返し言わなくてもいいのに」

マリーエは少し拗《す》ねていたか、友人がいなかったのはアメリアも同じだ。

自分も最初の友人はマリーエだと言うと、彼女はとても喜んでくれた。

大きなベッドに全員で転がって、これからのこと。婚約者のこと。将来のこと。

色々な話をした。

アメリアが一番大変そうだと言われたが、愛する人の傍《そば》で、その研究を支えることができるのだ。これほど嬉しいことはない。

そう正直に伝えると、それぞれ納得したように頷いた。

「そうですわね。わたくしも、ユリウス様のためなら何でもできます」

「私も、レニア領地を背負うソルを支えていけたらいいなって」

「私にできることなど何もありませんが、エスト様に寄り添えたらと思います」

「そうですね。わたくしも、カイドを支えたくて騎士に復帰しましたから」

それぞれ婚約者に対する想いを語り、互いに頷き、ときにはからかいながらも、楽しく話す。

話の内容は尽きないように思える。

この日は、夜が更けるまで楽しく語り合っていた。


楽しい週末を過ごし、アメリアは王城に戻ってきた。

「おかえりなさい。楽しかったようね？」

ソフィアが出迎えてくれる。

「はい、とても楽しかったです」

笑顔でそう答えて、そのまま王城内の図書室に向かった。

まだ早い時間だったが、予想通り、そこにはサルジュの姿があった。アメリアが入ってきたことにも気が付かない様子で、かなり集中しているようだ。

周囲に散らばった紙には魔導具の構造が何度も書き直されていて、一晩中ここにいたのは間違いない。

「サルジュ様」

そっと声を掛けると、サルジュは顔を上げ、アメリアを見つけて嬉しそうに微笑《ほほえ》む。

「アメリア、戻っていたのか」

差し伸べられた手を取り、導かれるままサルジュの隣に座る。

「はい、ただいま戻りました。楽しい週末を過ごさせていただきました。ありがとうございます」

そう礼を述べる。

「楽しかったようで、何よりだ」

「サルジュ様は、きちんと休まれましたか？」

「……アメリアが戻ってきたということは、もう朝なんだろうね」

アメリアは、少し気まずそうにそう言ったサルジュの手を引いた。

「無理はしないと約束してくださったはずです。少し、休んでください」

「しかし、今日から学園に通う予定だったと思うが」

たしかに、しばらく休んでいた学園に今日から通うはずだった。それでも、徹夜明けのサルジュを無理に連れて行けとは、誰も言わないだろう。

「学園は明日からにしましょう」

サルジュの手を引いて、強引に図書室から連れ出す。

彼は少し困ったような顔をしていたが、アメリアに逆らうことはなかった。そのままサルジュの部屋まで行き、寝室に連れて行く。

「きちんと休んでくださいね」

そう言ってサルジュを休ませたあと、自分は学園に行かなければと、身支度を整えて朝食に向かった。

先にアレクシスとユリウスがいて、挨拶をする。

「サルジュはどうしている？」

「ずっと図書室にこもっていらっしゃったようだったので、休んでいただきました」

そう言うと、アレクシスもユリウスもほっとしたようだ。

「いくら休めと言っても、まったく聞いてくれなかったから助かった」

「最近はましになってきたと思っていたのに、アメリアがいないともと通りか」

ため息をつくふたりに、アメリアは謝罪した。

「申し訳ございません。わたしがサルジュ様のお傍を離れてしまったから」

「アメリアが気にする必要はないよ。ただ、こちらから無理を言ってしまった手前、なかなか強く注意できなくてね」

心配そうに言うアレクシスに、これからは自分が傍にいるから大丈夫だと、アメリアは告げる。

「わたしにできることは少ないですが、全力でサルジュ様のお手伝いをさせていただきます」

「アメリアが付いていてくれると安心だ。すまないが、よろしく頼む」

ようやく自分がいるから安心だと言ってもらえたと、アメリアは感激する。

ふたり一緒だとかえって危ないと言われた頃には、もう戻らないように気を付けようと強く思う。

こうしてアメリアは、ひとりで学園に向かうことにした。

サルジュは一度眠ってしまうとなかなか起きないので、アメリアが帰るまではそのままだろう。

登校する前に図書室に残された資料を簡単に整理して、サルジュが求めるものが何なのか、把握しておく。

(宝石の魔法保存量の計測……。これは、魔導具の大きさに関係することね)

魔導具に使用する宝石はアクアマリンに決まったが、その宝石にどれくらいの魔法を付与することができるのか、これから調査することになっている。もし思ったより少ないのであれば、他の宝石も検討する必要がありそうだ。

アメリアはひとりで学園に向かい、そのまま研究所に顔だけ出して、すぐに学園の図書室に向かう。

もちろん、護衛のリリアーネは傍にいる。

調べるのは、宝石について。

各宝石のデータを集めてみたが、その内容は分析結果ばかり。宝石に魔法を付与してみた記録などなかった。

(どうしよう……。でも高価な宝石を実験に使うのも……)

ユリウスなどに言えば、必要経費だと言って用意してくれるだろう。

けれど宝石を壊す前提で魔法を付与するのは抵抗があるし、できれば何度も実験して平均値のデータが欲しい。

どうしたらいいか考えていたアメリアは、ふと砂漠で過ごした日々を思い出す。

(宝石を一通り用意してもらって、サルジュ様の再現魔法で修復してもらえば、思いきり実験ができるのでは?)

もちろんサルジュの負担になるようなら諦めなくてはならないが、宝石くらいの大きさならば、きっと問題はない。

ユリウスにも相談し、彼も大丈夫だろうと言ってくれた。

放課後までに宝石を各種用意してくれたので、アメリアは簡単にまとめた宝石のデータとその宝石を持って、王城に戻った。

サルジュはもう起きていて、図書室にいた。

一日ゆっくりと休んだようで、顔色もよくなっていた。それに安堵《あんど》して、宝石のデータと、実験をしてみたいことを伝える。

「ユリウス様が、宝石を各種用意してくださいました。それで、もしサルジュ様の負担にならないのであれば、壊してしまったら修復していただきたいのですが」

「ああ、それなら効率的に平均値のデータが取れるね。それくらいなら問題ない」

アメリアが学園から戻ったとき、サルジュは図書室で宝石について調べようとしていたので、すぐに実験ができて嬉しそうだった。

「アメリアが大丈夫なら、さっそく実験してみよう。ここでは危険だから、アレク兄上の訓練場を借りようか」

サルジュが立ち上がり、アレクシスに許可をもらってくるまでに、アメリアは宝石を準備して、データの計測ができるようにしておく。

アレクシスの許可はすぐに下りたようだが、ユリウスも訓練場に顔を出した。

「俺も水属性だから、協力するよ。ふたりだけだと心配だとか、アレクシス兄上に見張っていろと言われたわけではないからな」

「……言われたのですね」

たしかにサルジュは欲しいデータがすぐ手に入ることを喜んでいたし、アメリアもサルジュの役に立てるのが嬉しかった。

だからふたりだけなら、魔力が尽きるまで実験していたことだろう。

アメリアがいてくれて安心だと言ってもらえて喜んでいたが、まだまだアメリアも、自分を抑える必要がある。

ユリウスの協力で、実験は順調に進んだ。

何度も同じ実験を繰り返すのは、平均値を出すためだ。

同じことを繰り返し、黙々とデータを取るふたりの姿に、ユリウスは感心したように、少し呆《あき》れたように言う。

「ここまでサルジュに付き合えるのは、アメリアだけだな。だが、今日はここまでにしよう」

そう言われて顔を上げてみると、もう日が暮れようとしていた。たしかにこれ以上はアレクシスも許可を出してくれないだろう。

「サルジュ様」

そう声を掛けると、黙々とデータを書き込んでいたサルジュが顔を上げた。

「続きは、明日で」

「……わかった」

アメリアがそう言うと、少し残念そうな顔をしながらも、サルジュは頷いた。手早く片付けをして、ユリウスに礼を言う。

「ユリウス様、手伝っていただいてありがとうございました。おかげでかなり進展しました」

「そう、なのか？」

彼は戸惑ったように笑う。

「俺には、何を試しているのかあまりよくわからなかったが」

「魔法を付与するために必要なものを見極めて、その数値を測る実験ですから、魔導具の仕組みを深く理解しているサルジュ様でなければ、わからないこともあるかもしれません」

「アメリアは理解していたよね？」

「サルジュ様の書かれた資料を読みましたから」

それだけでわかるのかと、ユリウスは不思議そうだった。

でもサルジュの研究を手伝っているうちにわかるようになったと答えると、納得したように頷いた。

「アメリアがサルジュにとって、唯一無二の存在であることはわかった。サルジュ、今日はもう無理をしないように」

「わかっている。アメリアに叱られたばかりだから、ちゃんと気を付ける」

データを整理しながらそう言う弟の姿に、ユリウスは瞳を細めて笑みを浮かべた。

「アレクシス兄上には俺から報告しておく。ふたりとも、夕食の時間を忘れないように。また後で会おう」

「はい」

ユリウスと別れて部屋に戻ろうとしたとき、ふいにサルジュが足を止めた。

「サルジュ様？」

彼はアメリアを見つめ、真剣な瞳で言う。

「兄上の言葉を聞いて、いつもアメリアが何の説明も求めずに理解してくれていることが、当たり前になっていたことに気が付いた。こうして順調に研究を続けられるのもアメリアのおかげだ。いつもありがとう」

思ってもみなかった言葉に、思わず涙が滲《にじ》みそうになる。

「わたしはサルジュ様の、お役に立っていますか？」

「もちろんだ。アメリアがいなければ、もう私の研究は成立しない」

喜びが、じわりと胸に広がっていく。

この背を追って努力してきたことが、すべて報われた。

「何としても、魔導具を完成させなくてはならない。アメリアの力を貸してほしい」

「はい、わたしでよかったら、喜んで」

即座にそう答えたアメリアに、サルジュも柔らかく微笑む。

「ありがとう。よろしく頼む」

何だか気持ちがふわふわとして、夕食の間も上の空だったらしく、ソフィアに心配されてしまった。

大丈夫だと答えて、それからはいつも通りに過ごす。

それでも夕飯後に部屋に戻ってひとりになると、どうしても嬉しくなって、気分が浮き立つ。

(もっと頑張ろう。サルジュ様のために、この国のために役立てるように)

そう決意して、図書室から借りてきた分厚い本を開いた。


こうしてサルジュとともに、アメリアは魔導具の制作に没頭した。

ユリウスの協力もあって、魔導具に最適な宝石も選ぶこともできた。

「広範囲なら、やはりアクアマリンか。だが持続性に不安がある」

「そうですね。持続性ならラピスラズリかと。用途で使い分けるといいかもしれません。広範囲に雨を降らせたいのなら、アクアマリン。長期間雨を降らせたいのなら、ラピスラズリですね。その両方を補える宝石があればいいのですが」

「アレク兄上がニイダ王国と交渉して、様々な鉱物を取り揃えてくれている。試作品が完成したら、宝石ではなく鉱物で代用できないか実験してみよう」

サルジュの言葉に、アメリアは頷く。

「そうですね。鉱物でしたら宝石ほど高価ではありませんから」

定期的に一定の量を購入することになれば、ニイダ王国側にも利となる。

試作品が完成しても、まだやらなくてはならないことは多そうだ。

それでも、試作品は確実に完成に近づいている。水魔法の魔導師はそれなりにいるので、魔道具が製品化されるようになっても、製造の心配はいらないだろう。

特にアメリアの出身であるレニア領地のように、地方に農地を有する貴族には、水魔法の遣い手が多い。この魔導具が完成すれば、需要が多くなるのは間違いない。

アメリアの両親も、従弟のソルも水魔法の魔導師だ。

今までは回復魔法以外はあまり重要視されていなかった水魔法だが、アメリアとサルジュが開発した魔法水の影響で、その評価は徐々に見直されてきた。

それに加えて、今度はベルツ帝国が何よりも欲している魔導具に水魔法が使われることもあり、今後ますます需要が多くなることが予想される。

サルジュは、水魔法しか使えないと嘆くアメリアに、その価値を高めればいいと言ってくれた。

それが現実になっている。

(まさかこんなことになるなんて、学園に入学したばかりの頃は思わなかった……)

もう土魔法が使えたらとは思わない。

むしろこの水魔法で、サルジュの役に立てるのが嬉しかった。

何度も試行錯誤して、ようやく試作品が完成したが、まだカーロイド皇帝の即位の儀式までは時間があった。

そこでアメリアとサルジュは、ジャナキ王国への公務が長引いて過ぎてしまった夏季休暇の代わりに、休暇を取ることにした。

行く先は、アメリアの実家であるレニア領地である。広い農地で、魔導具の試運転をするためだ。

マリーエも研究員としてジャナキ王国に赴いていたので、休暇を取ることは可能である。だから、彼女も同行することになった。

けれど研究所の所長であるユリウスは、そう長く王都を空けることはできないようだ。

「……残念だが、マリーエを頼む」

「はい。もちろんです」

さらにミィーナもクロエも普通の学生の授業があるので、同行することはできない。

今回は残念だが、アメリアとサルジュ。そしてマリーエ。さらに護衛のカイド、そしてリリアーネで行くことになるだろう。そう思っていたのに、急遽もうひとり参加することが決まった。

「魔導具の仕上がり具合が気になる。それに、使い方がわからなければ向こうで披露できないだろう」

そう言って同行することになったのは、王太子のアレクシスだ。

彼が同行することを知ったカイドは絶望的な顔をしていたが、リリアーネまで緊張していたことに驚いた。

よほど、学生時代のアレクシスは酷《ひど》かったらしい。

「さすがに弟の前で無謀なことはしないよ」

アレクシスはそう言って苦笑していたが、護衛ふたりの緊迫した表情に、アメリアまで緊張してしまう。

それでも自身の宣言通り、レニア領地に向かう馬車の中でもサルジュの説明に静かに耳を傾け、魔導具の制作に協力したアメリアを労《ねぎら》ってくれた。

そうしているうちに、馬車はレニア領地に入る。

「ああ、ここがレニアか。見事な農地だ」

馬車の窓からグリー畑を眺めて、アレクシスはそう呟いた。

夏は過ぎ、そろそろ収穫の時期を迎える。

魔法水の効果もあり、去年よりもさらに豊かに実ったグリーが、秋の風に吹かれていた。

去年と同じように、サルジュはさっそく馬車を止め、農地の調査を始めている。

アメリアも、彼に付き従って馬車を降りる。

「ああ、リリアーネはマリーエ嬢と先に行ってくれ。サルジュとアメリアには俺がついている」

アレクシスはそう言って、マリーエとリリアーネを先に向かわせた。

去年、マリーエを随分待たせてしまったこと。屋敷で待っていた両親が疲れ果てていたことを考えると、適切な対応だったのだろう。

アメリアも心置きなく、収穫前の農地を念入りに調査するサルジュに付き合うことができた。

「この辺りには、雪が降るのか？」

積雪の重みで折れた木の枝を見て、アレクシスがそう尋ねる。

「はい。以前はまったく降らなかったのですが、ここ数年は山だけではなく、農地にも降り積もるようになりました」

アメリアは去年、従弟のソルから聞いた話を思い出しながらそう答える。

「今まで降らなかった地域だったので、果樹などは相当被害を受けてしまったそうです」

「そうか……」

今年は、去年よりも降るかもしれない。

そう思って準備をしているので、去年ほどの被害はないだろう。

「雨は魔導具で降らせることができても、気温だけはどうにもならない。除雪の費用も嵩《かさ》むだろう。各領地に確認しなければならないな」

たしかに、除雪作業が大変だったと聞いていたアメリアは深く頷いた。

寒さで体調を崩してしまった人もいると聞く。暖炉では部屋のすべてを暖めることはできない。

「せめて、部屋を暖められるような魔導具があればよかったのですが」

そう言うと、グリーの成長具合を確かめていたサルジュが、可能かもしれないと呟いた。

「サルジュ様？」

「王城の庭にある温室には、兄上に火魔法を付与してもらっている。持続性がないので定期的に魔法をかけてもらっていたが、この魔導具を応用すれば……」

「魔法ではなく、魔導具に付与して持続性を持たせれば、温室のように部屋全体を暖めることは可能ですね。それに、持続性ではなく広範囲を選択すれば、冬場でも野菜などが育てられる可能性も……」

「待て、ふたりとも。発想が止まらないのはいいことだが、順番がある」

アレクシスがそう言って、ふたりを止めた。

「成長促進魔法を付与した肥料も、ジャナキ王国は待ち望んでいる。正直なところ、それの販売を条件に、ベルツ帝国との対話をこちらに任せてもらったという事情もある」

「そうですね……」

まず魔導具の試作品を完成させ、それを製品化させてなくてはならない。

さらに成長魔法を付与した肥料に、秋の収穫が終わったら魔法水のデータもまとめ、改良と量産の準備に入らなくてはならないのだ。

改めて考えると、かなりの忙しさだ。

「もちろん、ふたりだけですべてを担う必要はない。幸い、我が国の魔法研究所の研究員は優秀だ。任せられるものは、任せてしまえばいい」

「はい。ありがとうございます」

アレクシスは、アメリアを見てそう言った。

弟のサルジュに向けられるものと変わらない瞳に、もう家族の一員だと思ってもらえているようで、嬉しくなる。

魔法水に関しても、開発者はアメリアということになっているが、その権利はアメリアが望んだこともあって、すべて王家のものだ。

ならば水属性の魔導師でもあり、研究所の所長であるユリウスに任せてしまってもよいのかもしれない。

「アレクシス様が、窘《たしな》める側の人間になるとは……」

黙々と観察を続けているサルジュの傍で警護していたカイドが、アメリアとアレクシスのやり取りを見て感極まったようにそう言った。

「俺だって、いつまでも昔のままではないよ」

そんなカイドに、アレクシスは昔を思い出したのか、少し気まずそうに言う。

「これから弟たちが結婚していけば、家族が増える。それに、来年子どもが生まれるんだ」

「え？」

突然の告白に、アメリアとカイドはもちろん、グリーの成長具合を調査していたサルジュまで立ち上がる。

「兄上？」

そういえば、今回のレニア領地への旅に、最初はソフィアも同行する予定だった。

リリアーネやマリーエから話を聞いて楽しみにしていたと言っていたのに、急遽取りやめになってしまった。体調が優れないとのことで心配していたのだが、まさかそんな理由だったとは思わなかった。

「義姉上が、本当に？」

「ああ。正式発表はまだ先だが、間違いないらしい」

それを聞いて、アメリアも瞳を輝かせた。

「おめでとうございます、アレクシス様」

王太子である彼の子ならば、間違いなく光属性を持っている。またひとり、光属性を持つ人間が増えるのは、喜ばしいことだ。

来年には、ユリウスとマリーエの結婚式が行われるだろう。

（そして、その次はわたしたちも……）

アメリアは赤くなってしまった頰を隠すように、両手で顔を覆った。

来年になると、一歳年上のサルジュは学園を卒業してしまう。こうして一緒に行動することも少なくなってしまうかもしれない。

けれど、それも一時的なものだ。

アメリアも学園を卒業すれば、ずっとサルジュと一緒にいられる。

今も幸せだけれど、未来はもっと幸せなものになるだろう。


魔導具の試作品は、無事に稼働した。

まだまだ改良が必要な箇所もあるが、これからは製品版に向けて、さらに色々な研究者の意見を聞いて開発していくことになるだろう。

サルジュはここで一旦魔導具から離れて、レニア領地にいるうちにと、ジャナキ王国が切望している新しい肥料の開発を始めたようだ。

その間にアメリアはアレクシスと、サルジュに託された魔導具の微調整をしていた。

「これならベルツ帝国でも、問題なく動かせるだろう」

起動方法を何度も確認する慎重さは、やはりサルジュに似ていると思う。

そこは同じ兄弟でも、ユリウスとは異なるところだ。

「ソフィア様のこと、本当におめでとうございます」

改めて祝福の言葉を告げると、アレクシスは凛々《りり》しい顔を柔らかく緩める。そして、ありがとう、と噛《か》み締めるように言った。

ふたりは政略結婚だと聞いていたが、アレクシスはソフィアをとても大切にしているし、ソフィアもアレクシスを慕っている。

理想の夫婦像だと、ずっと思っていた。

そんなふたりが幸せであることが、アメリアも嬉しい。

王都に戻ったら、ソフィアに祝いの品を贈らなくてはならない。将来の義姉のために、贈り物を選べるのは嬉しいことだ。


レニア領地を訪れて、数日が経過した。

この日、アレクシスは、せっかくだから視察がしたいと言って、父の案内で領地を回っていた。

マリーエは数日、この領地での休暇を楽しんでいたが、一足先に王都に戻っている。やはりユリウスを残してきたのが、心残りだったようだ。

サルジュは朝からずっと肥料のための研究をしていたから、アメリアもユリウスに渡すための魔法水のデータを纏《まと》めていた。

ユリウスや王立魔法研究所の研究員に魔法水の研究を引き渡すことに関しては、アレクシスは承諾してくれたし、サルジュも賛成してくれた。

だから彼らに引き渡すことは、ユリウスに確認する前にもう確定していた。

マリーエに伝言を頼んでおいたが、彼も快く引き受けてくれるだろう。今までも、何かと手伝ってくれていた。

（これに、今回のデータも添えて……）

今までのまとめと現在の問題点。その解決方法について記していると、ふいに扉が叩《たた》かれた。屋敷には今、母とサルジュしかいないはずだ。誰が尋ねてきたのかと、不思議に思って扉を開くと、そこにはサルジュの姿があった。

彼は朝からずっと、肥料の研究にかかりきりだったはずだ。

「サルジュ様、どうされましたか？」

何か手伝うことがあるのかと、アメリアは慌てて自分の資料を片付ける。

けれどサルジュの用件は、まったく違うものだった。

「そろそろ王城に戻らなくてはならないだろう？　その前に、アメリアと農地を歩いてみたいと思って、誘いに来た」

思いがけない言葉に、アメリアは驚いてサルジュを見つめてしまう。

「農地を、ですか？」

「そうだ。よく前の婚約者と……。リースと歩いたと言っていたから、私もアメリアとふたりきりで歩いてみたい」

たしかにリースとは何度も農地を歩いた。

今となっては遠い昔のようだが、もう何年も繰り返してきたことだ。

サルジュとも何度も農地を見て回ったが、いつもカイドなどの護衛がいて、ふたりきりで歩いたことは一度もない。

そのカイドは今、サルジュに頼まれてアレクシスの護衛についている。

自分は研究のために部屋にこもっているし、兄のことが心配だからと言っていたが、あれは計画的なものだったのだろうか。

「アメリア、行こう」

サルジュの身の安全のためには、断るべきなのだろう。

でもアメリアと農地を歩きたいと思ってくれたことは、素直に嬉しい。

そう思って悩んでいるアメリアを、サルジュは手を引いて連れ出した。

彼がこんなに強引だったことは、今まで一度もない。

アメリアは驚いて止めることができず、そのままサルジュに連れ出されてしまった。

「あの、サルジュ様」

「大丈夫。レニア領地は平和だから」

「それは、そうですが……」

たしかに父は領地の治安にとても気を遣っていて、定期的に警備団が見回っているので、盗賊など滅多に出ない。

サルジュの移動魔法も、国内では使ってはいけないことになっているが、緊急時は別だ。その魔法の威力も、身をもって知っている。

そんなことを考えて迷っているうちに、いつのまにかグリー畑に出てしまっていた。

サルジュはアメリアの手を引いて、美しく実ったグリー畑を眺めながらゆっくりと歩いていく。

その穏やかで満ち足りた表情に、アメリアはもう口を挟む気持ちになれなくて、ただ彼の手を握りしめて歩いた。

領民たちがアメリアに気が付いて、手を止めて挨拶をしようとする。サルジュは穏やかな笑みを返しながらも、手を止めなくてもよいと制していた。

そのままゆっくりと農地を歩き、以前、みんなでピクニックをした見晴らしの良い場所で休憩をする。

何の準備もなかったのでどうしようかと迷っているうちに、サルジュは草の上にそのまま腰を下ろしてしまう。

だからアメリアも、その傍に座った。

彼をこんなところに座らせていいのかと思ったけれど、サルジュにあの砂漠に比べたら何でもないと言われて、納得してしまった。

たしかに草の上は柔らかくて、小石や岩石の欠片《かけら》が混じっていたあの場所とは大違いだ。

「アメリア、急に連れ出してしまってすまなかった」

「いいえ。わたしもサルジュ様と歩けて嬉しかったです。でも、どうして急にこのようなことを？」

以前のサルジュならば、カイドを遠ざけてまで、こんなことをしなかった。

理由を尋ねると、サルジュは言葉を選ぶように考えながら、想いを語ってくれる。

「兄上に子どもが生まれると聞いたとき、いずれ私とアメリアも結婚して、家族になるのだなと思った」

「……はい。わたしも、そう思いました」

サルジュも同じことを考えていてくれたのが嬉しくて、アメリアは頷く。

「でもアメリアと出会ってから、いつも植物学の研究や魔法の実験ばかりだった。アレク兄上とソフィア義姉上のように、ふたりだけの時間を過ごしたことがあまりなかったと気が付いた」

そう思ってサルジュは、ふたりきりになろうとしてアメリアを連れ出したのだと言う。

「サルジュ様」

アメリアは彼の肩に、甘えるように身を寄せた。

今までこんなことは、一度もしたことがない。

でも、そうしてみたいと思ったのだ。

サルジュが自分の想いを話してくれたので、アメリアも素直になりたかった。

「研究ばかりでも、ふたりきりではなくとも、サルジュ様と過ごした日々は、とても大切な思い出です。何にも代えがたい幸福な時間を過ごさせていただきました」

「……そうか」

正直に思っていることを話すと、サルジュは安堵《あんど》したように頷いた。

いつだって完璧で、才能にも容姿にも恵まれている彼が、こんなことで不安になることがあるなんて、知らなかった。

そんな面があると知ってしまえば、ますます好きになってしまうのに。

「わたしもサルジュ様と似ているところがありますから、研究に熱中することも、データを取ることも好きです。むしろ同じ気持ちで同じ目標を目指せることを、幸せに思います」

寄り添いながら語るのは、アメリアの本音だ。

一般的な幸せではないかもしれないが、それがアメリアにとっての幸せである。

「ですから、ずっとお傍にいさせてください」

日が陰ってきたらしく、秋の風が冷たく感じられる。

それでも寄り添っていれば、こんなにも温かい。

互いの温もりを感じながら、静かな時間を過ごした。

実は迎えに来ていたカイドが、寄り添い合うふたりに声を掛けることができなくて、冷たい風の中、ずっと立ち尽くしていたと知ったのは、王都に戻ってからのことだった。


そうして、後日。

アレクシスはビーダイド王国を代表して、ベルツ帝国の皇帝となったカーロイドの即位式に参列した。

向こうの貴族の中には、山脈の向こう側の国からの訪問を快く思わない者もいたようだ。

まだカーロイドが皇帝になることを認めない者もいる。

弟たちも、虎視眈々《こしたんたん》と帝位を狙っていることだろう。

さらにアロイスが皇弟を名乗っていたとき、彼に洗脳されていないのに、山脈を越えて攻め込むことに賛成した者も多数いた。

ベルツ帝国内は、いつ内乱が起こっても不思議ではない状態である。

向こう側の国の代表として現れたアレクシスは、そんな殺気立った会場内でも、平然としていた。

そしてビーダイド王国から祝いの品として贈られた魔導具で、新皇帝カーロイドが雨を降らせてみると、集まった人々からは大地が揺らぐほどの大歓声が沸き起こった。

この魔導具が、ビーダイド王国産であること。

上手く国交を結ぶことができれば、定期的に輸入することができることを伝えると、あれほど他国との交流を嫌っていた貴族たちにも変化が見られたらしい。

それほど、ベルツ帝国の食糧事情は緊迫していたのだ。

まだカーロイド皇帝の地位は盤石ではない。

けれど彼は、けっして焦らないようにと告げたアレクシスの言葉に、真摯に頷いたようだ。

時間がかかるだろうが、いつか彼の理想は現実になるだろう。

ビーダイド王国でも、アレクシスの帰国を待って王太子妃ソフィアの懐妊が発表され、各地から祝いの言葉や贈り物が届いていた。

アレクシスが帰るまで硬い表情をしていたソフィアも、アレクシスが無事に帰国して安心したのか、柔らかな表情に戻っていた。


そんな慌ただしい日々を過ごしていた、とある週末。

魔導具の開発が一段落して、魔法水の研究もユリウスに渡したアメリアは、マリーエの屋敷でのお泊まり会に参加していた。

サルジュにはまだ肥料を完成させるという仕事があったが、それに関しては土魔法の分野なので、あまり手伝えることはない。

行っておいでとサルジュに送り出されて、彼には徹夜しないことを約束してもらい、こうしてマリーエの屋敷に来ている。

夜になるとマリーエ、リリアーネ、クロエ。

そしてミィーナと一緒に、部屋の半分を占めるほどの大きな寝台に転がり、互いに理想の夫婦の姿を語っていた。

みんなソフィアの懐妊に、あらためて自分たちの未来を考えるようになったのだろう。

「やはり尊敬し合って、支え合う夫婦でしょうか。ユリウス様のことは、尊敬しておりますから」

そう語るマリーエに頷きながら、リリアーネも自分の理想を語る。

「わたくしは、夫婦になっても切磋琢磨《せっさたくま》していたいですね。カイドはああ見えて、本当に強いので」

リリアーネは、アメリアが学園を卒業したら婚約者のカイドと結婚する予定だが、アメリアの護衛は続けてくれるらしい。

女騎士は貴重な存在である。

アメリアにとっては心強い話だ。

「私は、いつまでも友達みたいに仲良しでいたいな。ソルとなら、そんな夫婦になれると思う」

ミィーナが従弟のソルと仲が良いことは、アメリアにとっても嬉しいことだ。

「私の婚約は学園を卒業するまで保留のままですが、もしエスト様の婚約者に戻ることができれば、彼を支えられるような強い人間になりたいと思っています」

クロエは穏やかにそう語った。

エストとクロエは、定期的に会っているようだ。

互いに年齢差を気にしているようだが、ふたりが一緒にいるときの雰囲気は親密そうで、今ではアメリアもお似合いだと思っている。

「アメリアは？」

「わたしは……」

マリーエに促されて、アメリアは少しだけ考える。

「サルジュ様とは、今の関係が理想だと思っているから……。夫婦になれても、あまり変わらないかもしれない」

心から尊敬しているし、誰よりも愛している。

さらりとそう答えたアメリアに、マリーエはくすくすと笑う。

「知っていたけれど、アメリアが一番情熱的よね」

「そうですね」

リリアーネも即答し、クロエとミィーナも頷いていて、恥ずかしくなってクッションで顔を隠す。

「もう、からかわないで」

そう言ったあとに、みんなで顔を見合わせて、笑い合う。

大好きな友人がいて、最愛の人がいる。

そして大切な家族は、これからもっと増えていくことだろう。

リースの裏切りに傷付いていたあの頃は、こんなにも幸せな日を過ごせるなんて思わなかった。

お泊まり会が終わって王城に戻る途中、アメリアはふと顔を上げた。

ちょうど学園の前を通り過ぎるところだった。

学園の隣に建てられている大ホールが見えて、サルジュに初めて出会ったとき、掛けてもらった言葉を思い出した。

『そろそろパーティが始まる。会場に入らないのか？』

すべてはあの日から始まったのだ。

アメリアはサルジュのように再現魔法を使うことはできないけれど、あの日のサルジュの声も、姿も、すべて鮮明に覚えている。

きっと何年経《た》っても、この記憶は鮮やかに蘇《よみがえ》り、けっして色褪《いろあ》せることはないだろう。

書き下ろし番外編

約束された幸福

季節は廻《まわ》り、王都に来てから三度目の春が来た。

アメリアはひとりで馬車に乗り、王城から王立魔法学園に向かう。

着慣れてきたこの制服も、あと一年だ。

少し前までふたりで乗っていた馬車にも、今はひとりだけ。

ひとつ年上のサルジュとマリーエは、この春に学園を卒業していた。

仕方がないとはいえ、一歳年下のアメリアはサルジュと離れてしまうことになってしまう。

それでも、サルジュとは知識量が違う。

ひとりで勉強しなければならないこともたくさんある。

（去年は色々とあって、ほとんど研究所に通えていなかったから、これからは頑張らないと）

初めての外交では事件に巻き込まれ、予定よりも長く国を留守にしてしまった。

それからもサルジュの魔導具の開発の手伝いのために、研究所ではなく王城にこもっていた時期もあった。

ようやく落ち着いて学園に通えるようになったので、これからは勉強も頑張らなくてはならない。

それに、マリーエは王立魔法研究所の副所長として、忙しいユリウスの代わりに研究所に残っている。

さらに一学年下には、従弟《いとこ》のソルとミィーナ、そしてジャナキ王国からの留学生であるクロエ王女もいるので、寂しくはなかった。

ユリウスや他の研究員たちに託した魔法水は順調で、安全性と品質にも問題がないことから、今年の春から一般販売されることになった。

それに伴って品種改良されたグリーを植えることにした領地も多く、今年は去年以上の収穫が見込めるだろう。

国内で問題がなければ、いよいよ国外にも輸出されることになる。

それを心待ちにしている国もあるようで、輸出が決まれば、今度は製造で忙しくなるだろう。

「ええと……。あとはこれね」

アメリアは研究所に行くと、自分の机に座って集めたデータを書き出していた。

去年のレニア領地のグリーの収穫量で、このデータを見る限り、ほぼ冷害に悩まされる前に戻っているようだ。

(これは魔法水だけではなく、肥料のおかげだわ)

実験を兼ねて、去年サルジュが開発したばかりの、成長促進魔法を付与した肥料を与えたのがよかったのだろうと、アメリアは考えている。

もともとはジャナキ王国の冷害対策になればと改良したものだが、これでビーダイド王国でも有効なことがわかった。

魔法水に加えてこの肥料も一般販売することができれば、もっと収穫量は上がることだろう。

もしかしたら、冷害に悩まされる前に戻るかもしれない。

サルジュに報告するために、前年と前々年の収穫量を比較したデータを作っていく。

それに熱中していると、ふと人の気配を感じて顔を上げた。

「アメリア様」

そう言ってやんわりと制してくれたのは、アメリアの護衛騎士であるリリアーネだ。

「そろそろ休憩をなさいませんと」

「うん、そうね。ありがとう」

気が付けば、思っていたよりも時間が経過していた。

書類から目を離して、背伸びをしてから椅子の背もたれに寄りかかる。

思わずため息をついていた。

「アメリア様はおひとりの方が危険ですね。サルジュ殿下がいらした頃は、率先して休憩を取られておりましたのに」

そう言われて、思わず視線を逸《そ》らしてしまう。

たしかにリリアーネの言うように、サルジュと一緒に行動していたときは、彼の様子に気を遣い、休憩を提案してきた。

でもひとりになってしまうと、つい作業に熱中してしまう。

「そうね」

昔から誰に見せるわけでもないのに、収穫量などのデータを取るのが好きだった。

「……これからは気を付けます」

背筋を伸ばしてそう言うと、リリアーネは柔らかく微笑《ほほえ》んだ。

せっかくサルジュの兄たちには、サルジュのことはアメリアがいれば大丈夫だと言ってもらえるようになったのに、ここでその信頼を失うわけにはいかない。

「お茶を淹《い》れますね」

「ありがとう」

アメリアがリリアーネの助言に従って、研究所にある休憩室で休んでいると、同じく休憩のためにマリーエが訪れた。

「アメリア」

彼女はアメリアを見ると、ほっとしたように表情を緩める。

「ようやく休憩したのね。あまりにも集中していたから、声を掛けることもできなくて」

リリアーネがマリーエにもお茶を淹れてくれて、彼女は礼を言ってそれを受け取り、そう言うと深いため息をついた。

「でもその集中力が、わたくしには少し羨《うらや》ましいくらいよ」

「マリーエは今、とても忙しいから仕方がないわ」

アメリアがそう言うと、彼女は白い頬をほんのりと染めた。

「そうね。その、結婚式の準備で忙しいから」

この春に学園を卒業したマリーエは、婚約者である第三王子であるユリウスとの結婚準備に入っていた。

予定は秋なのでまだ先のことに思えるが、もう今から色々な準備に取りかかっているようだ。

ドレスなどは、もう仕上げに入っているようだ。

王太子妃のソフィアが相談に乗って、かなり豪奢《ごうしゃ》なドレスになるらしい。きっと華やかな美貌のマリーエに、きっとよく似合うだろう。

その姿を想像しただけで、うっとりとする。

「……いいなぁ」

思わずそう呟《つぶや》くと、マリーエはその言葉に驚いたような顔をしたあとに、楽しげに笑った。

「アメリアだって、もう来年でしょう?」

「まだ先だわ。一年もあるもの」

その一年が長いのだと、アメリアはため息をつく。

「サルジュ様が卒業してしまってからは、毎日一緒に登校できないし、研究も別々で……。何だか寂しくて」

正直に思っていることを告げると、マリーエもリリアーネも、顔を見合わせてくすりと笑う。

「去年までは、ほとんど一緒だったものね」

「わたくしも、カイドと顔を合わせる機会が減ってしまいましたから、たしかに寂しいかもしれませんね」

言葉にしてしまった途端、恥ずかしくなって俯《うつむ》いたアメリアをフォローするように、ふたりはそう言ってくれた。

「カイドは正式に、サルジュ様の護衛騎士になりましたから」

学園内でサルジュを護衛していたリリアーネの婚約者のカイドは、正式にサルジュの護衛騎士に任命されている。

そういえば、とアメリアは、カイドがサルジュの護衛になった経緯を思い出す。

まだサルジュと出会ったばかりの頃の話だ。

本来なら学園内では同じ年の生徒が護衛につき、卒業してから護衛騎士が決められていた。

だがサルジュの場合は、自由に動き回る彼に学園の生徒では対応できず、王太子のアレクシスの推薦で、王立騎士団に所属していたカイドが護衛していたのだ。

カイドは正式に護衛騎士になった以上、今までは学園内だけだったが、今度は王族の居住区内を除いたすべての場所での護衛となる。

「サルジュ殿下の護衛は、大変そうですね」

マリーエがそう言うと、リリアーネは首を横に振る。

「いえ。それが、サルジュ殿下はほとんどの時間を王族の居住区にある図書室で過ごしていらっしゃるので、待機している時間の方が多いようです。待機中にアレクシス殿下に捕まって、訓練に付き合わされる方が大変だと言っていました」

「そういえば、昨日もその光景を見たような」

アメリアはそう言った。

学園から戻ってきたら、アレクシスが楽しそうにカイドを連れて歩いていたのだ。

カイドが何やら文句のようなことを言っていたようだが、アレクシスはまったく気にしていなかった。

その様子は気心の知れた間柄のようで、ふたりは相当親しいのだろう。

「アレクシス王太子殿下は毎日とてもお忙しそうなのに、訓練までしているのですね」

マリーエが、感心したように言った。

たしかに王太子であるアレクシスは、ジャナキ王国やベルツ帝国との話し合いで、ほとんど国外に出ている状態だ。

ジャナキ王国とは、サルジュが改良した成長促進魔法を付与した肥料についてと、今回の事件について。

ベルツ帝国とは、今後の国交やビーダイド王国の預かりになっているアロイスの処遇について。

そして雨を降らせる魔導具の取引について、何度も話し合いを重ねていた。

それほど忙しいにもかかわらず、疲れたような顔をまったく見せずに活発に動き回っている姿は、とても心強いものだ。

(その分、側近の方々は大変そうだけれど……)

アメリアはそんなことを思う。

カイドのように、アレクシスに振り回されている人間が、彼の周囲にはとても多いらしい。

「あのソフィア様も、さすがに忙しすぎるのではないかと、少し心配されているご様子でしたね」

結婚式の相談で、よくソフィアを訪ねているマリーエがそう言った。

けれどアレクシスをよく知るリリアーネが笑ってこう答える。

「アレクシス様なら大丈夫でしょう。ジャナキ王国の国王陛下と、ベルツ帝国の皇帝陛下の許可を得て移動魔法を使っているのですから、移動の手間もありませんし。もしソフィア様のご出産が早まっても、すぐに帰国できますから」

リリアーネのその言葉に、アメリアももう半年も経てばふたりの子どもが生まれるのだと思い出す。

もともと家族愛の強いアレクシスは、妊娠がわかってからソフィアをいっそう大事にしている。

アレクシスのあまりにも過保護な様子に、あまり動かないのも良くないのだからと、母である王妃は叱っていたらしい。

そんなソフィアだったが体調は良好のようで、食べ過ぎないように気を付けていると困った顔で言っていたくらいだ。

そんなことをアメリアに話してくれたサルジュも、ふたりの子どもが生まれることを、とても楽しみにしている様子だった。

「兄上に子どもが生まれたら、私も叔父になるね」

嬉《うれ》しそうに、アメリアにそう言っていた。

それはサルジュに限ったことではなく、エストもユリウスも、甥《おい》か姪《めい》の誕生を心待ちにしているようだ。

もちろんアメリアも楽しみにしている。

それに、ソフィアもとても幸福そうだ。

もともと美しい人だったが、妊娠してからはいっそう美しく、光り輝いているようにさえ見える。

ソフィアに似てもアレクシスに似ても、きっと美しく優しい子どもが生まれることだろう。

「これからビータイド王国ではお祝い事が続きますから、アメリア様も体調には気を付けてくださいね」

リリアーネにやんわりと注意されて、こくりと頷《うなず》く。

「うん。ちゃんと気を付ける。楽しみにしていることばかりだもの」

ビータイド王国では、今年から慶事が続く予定だ。

夏ごろには、王太子のアレクシスの子どもが生まれる。

そして秋には、ユリウスとマリーエの結婚式が行われる。

さらに来年にはアメリアも学園を卒業して、サルジュと結婚式の準備に入る。

同じような時期に護衛騎士を務めてくれたリリアーネも、婚約者のカイドと結婚するのだろう。

ふたりは結婚後も、それぞれの護衛を務めてくれることになっている。

そして来年の秋には、エストとジャナキ王国のクロエ王女の婚約披露パーティが行われる予定である。

去年の事件があってふたりの婚約は保留になっていたものの、それから順調に交流を重ねて、今は婚約を結び直している。

クロエの学園卒業を待って、ふたりは結婚する予定だ。

彼女はアメリアと同い年だったが、去年留学した際、魔法を一から学びたいと、二年生に編入するのではなく、新入生として一年生から入学していた。

クロエと同学年であるアメリアの従弟のソルと、カイドの妹ミィーナも、学園を卒業したら結婚するのだろう。

それぞれが幸せになるために、そしてその幸せを永続させるためにも、この大陸の平和を守らなくてはならない。

（まだまだ、やらなくてはならないことは多いわ）

アメリアは自分の手を見つめる。

そこには、サルジュから贈られた指輪が嵌《は》められていた。

彼がアメリアのために作ってくれた、世界でただひとつの魔導具である。

アメリアがベルツ帝国のアロイスに襲われたとき、この魔導具がアメリアを救ってくれていた。

いつからか考え込むときには、この指輪を見つめるのが癖になっていた。

（この国の冷害対策は完璧だわ。サルジュ様が品種改良したグリーは、魔法水の普及でさらに広がっていく。ジャナキ王国では、成長促進魔法を付与した肥料の実験も始まった。これが問題なく成功すれば、あの国の食糧問題も解決する）

この肥料の実験試用に関しては、サルジュが開発したのだから大きな問題は出ないだろうと思っている。

ジャナキ王国が食糧問題から立ち直れば、ニイダ王国、ソリナ王国への食糧の輸出も元通りになるだろう。

もちろんニイダ王国、ソリナ王国からも、それぞれ冷害対策に関する相談があれば、サルジュもアメリアも、解決のために全力を尽くすつもりである。

特に草原が多く酪農が盛んなソリナ王国では、成長促進魔法を付与した肥料についての問い合わせが届いているようだ。

もちろん輸出を希望するのならそれに答えるつもりだが、今度は生産量を確保しなくてはならない。

ただでさえ土魔法の遣い手は貴重だし、サルジュにもあまり負担は掛けたくない。

（そう考えると、リースはもったいないわね）

以前の婚約者のことを思い出して、アメリアはため息をついた。

彼はアメリアを裏切っただけではなく、ベルツ帝国と通じていた罪で、牢獄《ろうごく》に入れられている。

当然、魔法の力も封じられていた。

だが、彼は貴重な土属性だったのだ。

「アメリア、どうしたの？」

目の前に座っていたマリーエが、心配そうに声を掛けてくれた。

ここはまだ王立魔法研究所にある休憩室で、リリアーネに体調に気を付けるように注意されたばかりだったことを思い出す。

指輪を見つめたまま、深刻な顔をしてため息をついたのだから、何かあったのかと案じてくれたのだろう。

「いいえ、何でもないの」

アメリアは慌てて首を振る。

マリーエやリリアーネが一緒だったことも忘れて、つい物思いに耽《ふけ》ってしまっていた。

「でも……」

「本当に何でもないの。ただ、成長促進魔法を付与した肥料の生産について考えていたら、リースはもったいないことをしたなぁって」

「リースって、あなたの婚約者だった？」

驚いた様子のマリーエに、深く頷く。

「ええ、そうよ」

「もったいない……ですか？」

リリアーネも不思議そうに問う。

「そう。この国を出てみて、魔法が使える者がどれだけ貴重なのか思い知ったの」

ビーダイド王国では貴族全員が魔力を持っているので、国を出たことのないアメリアにはわからなかった。

けれど外交に出てみて、魔法が使える者は、他国ではとても貴重な存在だということがよくわかった。

「もちろん強い力だからこそ、厳しく制限しなければならないことも理解している。でも、貴重な土魔法の遣い手かと思うと、やっぱり少しもったいなくて」

「アメリアはやっぱり変わっているわ」

それを聞いたマリーエが、呆《あき》れたような顔をする。

「あんな目に遭ったのに、そんなことを言うなんて」

「それだけ今のアメリア様は、お幸せなのでしょう」

リリアーネがそうフォローしてくれたが、まさにその通りだった。

たしかにリースの裏切りには、つらい思いをした。

何が起こっているのかもわからず、ただ周囲の悪意に晒《さら》されて、孤立してとてもつらかった。

けれどリリアーネの言うように、今がとても幸せだからこそ、そんなふうに考えることができるのだろう。

アメリアの傍にはサルジュがいてくれる。

そして、案じてくれる優しい友人がいる。

それに、もったいないのはリースだけではない。

彼の浮気相手だったセイラは水属性。アメリアに嫌がらせをして退学になった侯爵令嬢は火属性だった。

どちらともベルツ帝国に行けば、かなり重宝されると思われる。

アメリアは、険しい山脈の向こう側の国のことを思う。

（そのベルツ帝国は今、生まれ変わろうとしているわ）

アレクシスは、ベルツ帝国の新皇帝となったカーロイドと、何度も話し合いを重ねていた。

他国の干渉を嫌う者や、いまだに皇帝の座を狙うカーロイドの義弟たちとの確執はあるものの、ビーダイド王国から試供品として渡された雨を降らせる魔導具の力もあって、何とか国内は安定している様子である。

早急に改革を進める彼のやり方に反発する者は多いようだが、カーロイドは今までの皇帝のように独裁者ではない。魔導具に頼りきることはせずに、反対勢力や義弟たちとの対話を試みているようだ。

アレクシスはそんな彼の誠実さを気に入って、何度も会いに行っている。

もちろんそこには、ビーダイド王国の王太子として、ベルツ帝国の動向を見張る意味合いもあるのだろう。

もしカーロイドが志半ばで倒れるようなことがあれば、ベルツ帝国はまた独裁的な国に戻ってしまう可能性があるからだ。

「たしかに土魔法は貴重かもしれないけれど、わたくしとしては、アメリアにあんなことをした人を許すことはできないわ。それに、彼の場合はただの退学ではないのよ」

また物思いに耽ってしまっていたアメリアの耳に、マリーエの憤《いきどお》った声が届く。

自分のために怒ってくれているのに、他のことを考えてはいけないと、彼女に向き直った。

「……そうね」

ベルツ帝国の新皇帝カーロイドは、過去にベルツ帝国が関わったと思われる事件についても調査をしていた。

その結果、さらわれてきたのはアロイスの祖母だけではないことが判明した。

その者たちはすべて魔力を持っていて、さらわれてしまったのも、その魔法の力が目当てだったようだ。

ビーダイド王国の第四王子である、サルジュをさらおうとしたこともある。

しかも関わっていたのは、当時の皇帝だけではなかったらしい。

リースと接触し、アメリアを連れて亡命するように唆《そそのか》したのも、ベルツ帝国の有力貴族であった。

事態を重く見たカーロイドは、さらに詳しく調査を進めているようだ。

(リースもきっと、ビーダイド王国を裏切るつもりはなかったと思う。そんな大それたことができるような人ではないもの)

王立魔法学園を退学になって、未来が閉ざされてしまった。

これからどうしたらいいのかわからず、ただ現実から逃げたくて、必要だと言ってくれたベルツ帝国に逃げ込もうとしたに違いない。

罪は償わなくてはならない。

けれど、彼に少しでも救いがあればいいと思えるようになったのは、やはりリリアーネが言うように、サルジュが傍にいてくれるからだろう。

サルジュが注いでくれる愛が、アメリアを満たしてくれた。

だから、過去に自分を裏切ったリースのことであっても、研究者の視点で考えることができるのだ。

それからまた、お泊まり会をしようと楽しく会話をしてから、研究に戻る。

マリーエも結婚準備で忙しく、ここ最近はなかなかお泊まり会をしていなかった。

近いうちにまた、マリーエの家に集まるのもいいかもしれない。

（まず、これを仕上げないと）

アメリアは集中して、学園が終わる時間までにデータをすべてまとめ上げた。

そして王城に戻るとすぐに、着替えをすませ、身支度を軽く整えると、そのデータを渡すためにサルジュのもとに行くことにした。

急ぎのものではないが、リースのことを思い出したせいか、どうしてもサルジュに会いたかった。

（あ……）

けれどサルジュがいた図書室には、珍しくアレクシスの姿があった。

どうやらベルツ帝国に提供している雨を降らせる魔導具について、サルジュとふたりで熱心に話し合っている様子だ。

（邪魔をしてはいけないわね）

残念だが、忙しいアレクシスが訪ねてきたのだから、アメリアの用事は後回しにしたほうがいい。

そう思って退出しようとした。

だが、そんなアメリアに気が付いたサルジュが、すぐに呼び止めた。

「アメリア、ちょうどよかった」

「サルジュ様」

彼は立ち上がり、アメリアに向かって手を差し伸べる。

「魔導具の改良について、アレク兄上と話し合っていたところだ。アメリアも手伝ってくれないか？」

「はい、もちろんです」

笑顔でそう答えて、彼の手伝いをすることにした。

試作品は誤作動もなく、順調だったが、やはり帝国全土で必要としていることもあって、稼働率がとても高く、すぐに魔石を使い切ってしまうようだ。

向こうでは、多少高価になっても構わないから、もう少し長く起動できるものを求めているらしい。

「もう一度、宝石に込められる魔力の保留量を見直す必要がある」

「使用する魔石の数を増やす方法もありますね」

サルジュの指示に従ってデータを提示して、求められれば意見を口にする。

「カーロイド皇帝は、孤立無援の状態でよく頑張っていると思うよ」

アレクシスは、サルジュとアメリアの作業を見守りながら、そんな話をしてくれた。

「魔導具と同じように、他国の支援にも頼りすぎないようにしているようだ。その心意気は立派だとは思うが、このままでは近い将来、力尽きてしまいそうで不安ではある」

たしかにアレクシスの言うように、国内でさえもしっかりとまとまっていない今の状況では、カーロイドひとりでは限界もあるだろう。

だが、ベルツ帝国は他国との交流がほとんど皆無だった国だ。

貴族の中には、他国からの干渉を嫌う者も多いだろう。

ただでさえ魔導具の提供によって、ビーダイド王国には大きく借りを作ってしまっている状況である。

カーロイドとしても、これ以上他国に頼ることはできないと思っているようだ。

アレクシスはしばらく思案していたが、何かを決意したように、視線をアメリアに向ける。

「実はアロイスに、カーロイド皇帝の補佐をさせてはどうかと思っている」

「……あの人に？」

アメリアは思わずそう聞き返してしまった。

アロイスは今、ビーダイド王国の王城内に拘束されている。

彼の母は、ベルツ帝国の前皇帝の妹として育てられたが、実際はビーダイド王国の王女の娘であった。

アレクシスやサルジュにとっては、血の繋《つな》がりがある人物だ。だから騎士団の建物内にある牢獄ではなく、この王城で拘束している。

もちろん王族が光魔法で結界を張っているので、アロイスはそこから逃げ出すことはできないだろう。

アメリアの言葉に、アレクシスは静かに頷く。

「そうだ。アロイスはベルツ帝国の皇族の血を引いていないが、皇女の息子として王城で育っている。カーロイドも、皇族の血を引いていなかったとしても、アロイスは自分の従弟だと言っていた」

それに、とアレクシスは言葉を続ける。

「今のアロイスならば、問題は起こさないのではないかと思っている」

あの事件が起こってから、アレクシスは何度もジャナキ王国に赴き、さらわれた王女とベルツ帝国の騎士のその後の足跡を辿《たど》っていた。

その結果、残念ながら王女と騎士はもう亡くなっていたが、ふたりの間にはもうひとり娘が生まれていたことが判明する。

アロイスにとっては叔母となる人物だ。

彼の母は父親に似て黒髪だったようだが、叔母は母親似らしく、淡い金色の髪をしていた。

黒髪と茶髪ばかりのジャナキ王国では目立ってしまうようで、普段からフードを被《かぶ》って隠しているらしい。

彼女は、リンナと名乗った。

彼女はアロイスの母と違い、ビーダイド王国の王女であった母にすべてを聞かされていた。だからアレクシスが突然会いに行っても、さして驚くことなく、静かに出迎えてくれたと言っていた。

けれどそんな彼女も、一度も会うこともなかった姉と、その息子であるアロイスの境遇には衝撃を受けたようだ。

「これを、姉の息子に渡していただけませんか?」

そう言ってリンナがアレクシスに手渡したのは、自分の母が残した日記だった。

「日記を？」

「はい。これを読めば、母がどれだけ置き去りにしてしまった姉のことを案じていたか、きっと伝わると思います」

そう言って、彼女は静かに涙を流した。

その言葉通り、王女の日記に綴《つづ》られていたのは、置き去りにしてしまった娘に対する謝罪と心配。

そして夫となったベルツ帝国の騎士とともに、何度も山脈を越えて探しに行こうとした日々の記録だった。

何十年も続いた挑戦。

最後は、とうとう山脈に向かったまま帰らなかったらしい。

その話を聞いたときは、アメリアも思わず涙を流した。

とても悲しく、つらい話だ。

そのアロイスの叔母には娘がひとりいて、彼と同じようにわずかに魔力を持っていた。

アレクシスは、そのリリアンというアロイスの従妹《いとこ》と一緒に、その日記を携えてビーダイド王国に戻っていた。

リリアンは、自分の母親と同じ金色の髪をした綺麗《きれい》な女性だった。

さらに白い肌と青色の瞳をしていて、その容貌はビーダイド王国の王女だった祖母とそっくりだったらしい。

たしかにその外見は、同じ金色の髪をしているアレクシスやサルジュとも、少し似ているような気がする。

血の繋がりを感じさせた。

リリアンは従兄であるアロイスが生きてきた人生と、その犯した罪を聞いて心を痛め、アロイスに会いたいと言い、自分からビーダイド王国に行きたいとアレクシスに訴えたようだ。

アロイスも最初は、祖母の日記を信じようとしなかった。

捏造《ねつぞう》だと、自分はこんな日記よりも母の言葉を信じると言っていた。

だがアレクシスが連れて来たリリアンと対面し、彼女の持つ魔力と自分のものが、同じものだと感じ取ったようだ。

「その力は、まさか……。本当に、母には妹が?」

魔法を封じる腕輪を付けられて、王城にある地下室に閉じ込められていたアロイスは、信じられないような顔をして、従妹のリリアンを見つめた。

「はい。伯母様のことは､私も母から聞いていました。どうか祖母の日記を信じてください。すべて、本当のことです」

自分と同質の力を持つリリアンの、涙ながらの訴えは、とうとうアロイスの心を動かしたようだ。

それからアロイスとリリアンは、アレクシス立ち合いのもとで何度も話し合った。

日記だけではなく、リリアンは母から聞いた話をすべてアロイスに語っていた。

さすがにアロイスも、祖母と祖父は、自分の母である娘を助け出そうと険しい山脈を何度も越えようとして、最後には山中で力尽きたらしいという話を聞いたときは、言葉を失っていた。

「……母は、捨てられたのではなかったのか」

同じ力を持つ従妹の話は、事実を映した再現魔法よりもアロイスの心に響いた様子だった。

「私の母、あなたの叔母も、ずっと姉のことを案じていました。いつか会えると信じていたようです。でも、きっとあなたに会えば喜ぶでしょう」

自分には、本当に血の繋がった親族がいた。

その事実は、アロイスの心を癒やしてくれたようだ。

それからは過去を受け入れることができるようになり、クロエやアメリアにも、アレクシスを通じて謝罪を伝えるまでになっている。

それも、ずっと彼に寄り添って、つらい真実を語り続けてくれたリリアンの力があってこそだ。

「……そうですね」

サルジュに聞いて、そんな経緯を知っているので、アメリアもアレクシスの提案に頷くことができた。

「わたしに異存はありません。ある意味、彼も被害者だと思っていますから」

アメリアはきっぱりとそう言った。

たしかに恐ろしい目には遭ったが、サルジュの魔導具がアメリアを救ってくれた。

それに、悪いのはビーダイド王国の王女をさらったベルツ帝国の前々皇帝だ。

彼がアロイスの母に、母親に捨てられたのだと偽りを言わなければ、アロイスもあんなことはしなかった。

「そうか。ありがとう。クロエもそう言ってくれた。ならば、そのように進めさせてもらう」

アレクシスはほっとした様子だった。

もちろんあれだけの騒動を引き起こしたアロイスを、そのままベルツ帝国に向かわせることはできない。

魔封じの腕輪の着用が、その条件らしい。

「リリアンも、アロイスと一緒にベルツ帝国に向かうと言っていた。彼女もアロイスと同じくビーダイド王国の王家の血を引き継いでいる、俺たちの身内だ。できる限り手助けをしたいと思っている」

それはサルジュも同意らしく、兄の言葉に真摯に頷いていた。

このアロイスの処遇を甘いと思う者もいるだろう。

実際、ジャナキ王国ではそんな声も上がったらしい。

けれどアレクシスをはじめとしたビーダイド王国の王族たちは、何度も話し合いを重ね、アロイスにやり直す機会を与えたいと奔走したようだ。

「もともとは俺たちの祖父が、娘を取り戻してほしいと願った王女の訴えを退け、アロイスの母を救出しようとしなかったことにも原因がある。だからこれは、アロイスひとりの罪ではない」

そんなアレクシスの言葉に、国王陛下も同意していた。

アロイスも、やり方は間違っていたとはいえ、砂漠化していくベルツ帝国を何とかしようと動いていた。

これからはリリアンと一緒に、カーロイドを支えてくれると信じてもいいだろう。

きっと従妹のリリアンの存在が、彼の支えとなってくれる。

アレクシスはこの話をしたくて、研究を続けるふたりの様子を眺めていたようだ。

アメリアの了承を得ることができてほっとした様子で立ち去ろうとする彼を、アメリアは呼び止める。

「あの、アレクシス様」

アメリアは、戸惑いながらもそう言葉を続ける。

「実はわたしも、同じようなことを考えていて」

良い機会だと、アメリアはアレクシスに学園を退学して、魔法を封じられた人たちをもったいないと思っていることを伝えた。

「……たしかに、魔法の力は他国にとっては貴重なものだ。これからのことを考えると、貴重な土属性魔法の遣い手であるリースを、もったいないと思うのもわかる」

アレクシスは、アメリアの意見を否定することなく、静かに聞いてくれた。

「カーロイドの調査が進めば、誰がリースを、何と言って唆《そそのか》したのか。それもはっきりするだろう。その結果次第では、もう少し罪が軽くなる可能性もある」

ただ力を封じて幽閉するのではなく、国のために働いて罪を償う方法があってもいいのではないかと思う。

それを、アレクシスも理解してくれた。

「……サルジュは不満そうだね」

けれどそんなアレクシスの言葉に、アメリアははっとして彼を見る。

すると彼の言うように、複雑そうな顔をしたサルジュがいた。ふたりの視線を受けて、彼は静かに自分の意見を口にする。

「私は、あんな卑劣な方法でアメリアを陥れようとした彼を、許す気にはなれない。たとえ帝国に利用されていたとしても、その前にアメリアを孤立させていたのは、彼自身の策略だ」

「サルジュ様……」

アメリアのことを思ってくれたのだろう。

けれどサルジュと意見がはっきりと分かれたのは、これが初めてかもしれない。

「もちろん、理由があって魔法を封じられた者たちだ。そう簡単に解放するわけにはいかない。ただ意見のひとつとして、聞いておくよ」

戸惑うアメリアにアレクシスがそう言ってくれる。

「はい。差し出がましいことを言ってしまって、申し訳ありません」

「いや、これからも思ったことは何でも話してほしい」

そう言って、優しい笑みを向けてくれる。

その笑顔に安心して、アメリアも頷いた。

アレクシスが帰ったあとも、アメリアはサルジュと一緒に魔道具の改良に取りかかっていた。

魔法式について真剣に考えていたアメリアだったが、ふと先ほどのことが気になって、サルジュを見つめる。

「どうした？」

そんなアメリアの視線を感じたのか。

サルジュは顔を上げて不思議そうに尋ねた。

「いえ、あの。先ほどは勝手なことを言ってしまって……」

「先ほど？」

それが何を指しているのか、彼にはすぐにわからなかったようだ。

「あの、リースの」

「ああ、あのときの」

さらにそう言うと、納得したように頷いてくれた。

「それがアメリアの意見なのだから、勝手なことではないよ。ただ私が、彼を許せないだけだ」

「でも……」

もしリースが罪の償いとして手伝うとしたら、それはサルジュが開発した土魔法の付与だ。

だからそのサルジュが反対しているのなら、アメリアとしても意見を通すつもりはなかった。

「わたしはただ、サルジュ様にこれ以上負担をおかけしたくなくて。だから、リースはせっかく土魔法の属性を持っているのに、封じていたらもったいないと思ってしまって」

だが、深い事情があったアロイスとは、また違う話だった。

勢いでつい、アレクシスに話してしまったのが恥ずかしくなって、アメリアは両手を頬に当てる。

「リースが元婚約者だったからではなく、彼が土魔法の魔導師であったから、あのような提案を？」

「はい、そうです。そうなんです」

アメリアが何度も頷くと、サルジュは少しほっとしたような顔をする。

「……そうだったのか」

彼は、アメリアがリースのことを気にしてあんなことを言ったのだと思っていたようだ。そうではないと、アメリアはサルジュの言葉に何度も頷く。

「リースのことは、もう気にしていません。それに最近はあまり、昔のことを思い出さなくなりました。リースの仕打ちはたしかに酷《ひど》いものだったと思いますが、もう過去のことです」

そう言って、笑顔を向ける。

「リリアーネさんには、今が幸せだからこそ、そんなふうに考えることができるのだろうと言われました。わたしもそう思います」

「そうか」

サルジュは頷いて、静かな瞳でアメリアを見つめた。

「……あの、サルジュ様？」

まっすぐな視線が少し恥ずかしい。

それでも彼の瞳が自分を映していることが嬉しくて、アメリアは戸惑うようにサルジュの名を呼んだ。

「アメリアのことだから、リースの将来のことを心配してそう言っているのかと思っていた。でも、違っていたのか」

「違います。わたしが心配だったのはサルジュ様です！」

リースのことは、自業自得だと思っている。

慌ててそう答えると、サルジュは驚いたような顔をしたあと、柔らかな優しい笑みを浮かべる。

「私もアメリアのことがあって、少し感情的に考えていたのかもしれない。本人の反省が必至になるが、私も前向きに考えてみることにする」

アメリアもサルジュも、お互いのことばかり考えていた。

これは外交でジャナキ王国に行ったときもそうだったと、ふたりは顔を見合わせて笑い合う。

「そういえば数日後に、鉱物と宝石の調査のためにニイダ王国に行くことになった」

ふと思い出したように、サルジュがそう告げる。

「ニイダ王国、ですか？」

突然のことに驚いて、アメリアは聞き返す。

外交ではなく、調査のためらしい。

「そう。鉱石も豊富だけれど、宝石もこの国には出回っていないものがあると聞いた。もしかしたら、もっと魔導具と相性がいいものが見つかるかもしれない」

「おひとりですか？」

「いや。カイドと、アレク兄上も一緒だ」

あのふたりが一緒なら、護衛の面での心配はいらないだろう。

「……そうですか」

(カイドが少し大変そうだけど……)

ニイダ王国の鉱物や宝石には、アメリアも興味を持っていた。

一緒に行きたいという言葉を呑《の》み込んで、アメリアは俯いた。

学園を卒業したサルジュと違って、アメリアはまだ学生だ。ジャナキ王国のように公務ではないのなら、学業を優先させなくてはならない。

そんなアメリアの気持ちがわかったのか。

サルジュはそっとアメリアの手を握った。

「一年だけだとわかっていても、離れている時間が長くなってしまって、少し寂しく思ってしまうね。アメリアと出会う前は、これが当たり前だったというのに」

彼はそう言うと、苦笑する。

「私も随分と、我儘《わがまま》になってしまったようだ」

「そんなことはありません!」

アメリアは思わず、サルジュが驚いてしまうほど大きな声で、叫ぶようにその言葉を否定していた。

「わたしも、ずっと寂しいと思っていました。ですから、サルジュ様が同じことを考えてくださって嬉しいです」

そう言って、サルジュの手をそっと握り返す。

「サルジュ様も研究員なのですから、たまには一緒に研究所に行きませんか？　お忙しいことはよくわかっています。それこそ、わたしの我儘になってしまいますが」

おずおずとそう提案すると、彼は頷いてくれた。

「アメリアが私と一緒にいたいと思ってくれるのだから、我儘だと思うはずがないよ。そうだね。カイドにも、図書室にこもってばかりいないで、少し外に出た方がいいと言われている。明日は一緒に行くことにしようか」

カイドはきっと、アレクシスから逃げたいのだろう。

それを知っているアメリアは、思わずくすりと笑う。


こうしてさっそく明日、ふたりで研究所に行くことにした。

ひさしぶりに一緒に馬車に乗り、研究所に向かう。

護衛としてカイドとリリアーネが傍にいてくれる。アレクシスから解放されて、カイドもほっとしている様子だ。

いつもの道のりも、サルジュと一緒ならあっという間だった。

学園の隣にある研究所に向かうと、マリーエが驚いたようにサルジュを迎えた。

そしてアメリアをちらりと見て、よかったわね、と小声で囁《ささや》いてくれる。

アメリアもこくりと頷いた。

サルジュが研究所にいると、いつもよりも静かになる。

彼の邪魔をしてはいけないと思っているのだろう。

けれどけっして嫌な沈黙ではなく、むしろ程よい緊張感があって、研究が進んだと言う者も多かったようだ。

昼休みになると、いつもの場所に向かう。

「秋になったら開発した新しい肥料の実験結果を見に、ジャナキ王国に行くつもりだ。そのときは正式に公務になるだろうから、立案者としてアメリアにも一緒に行ってもらいたい」

「はい、もちろんです」

サルジュがそんな話をしてくれて、アメリアは頷いた。

公務ならば、学園よりも優先されるだろう。

しかもサルジュと一緒に行ける。

初めての公務では別々の役割だったが、今度はふたりで一緒に行けるかと思うと素直に嬉しかった。

「ああ、その前に、魔導具がもたらした結果を見るために、アレク兄上と一緒にベルツ帝国にも行くつもりだ。砂漠の土壌調査もしたいと思っている。夏の長期休暇ごろの話になるだろう」

サルジュも学園を卒業してから、なかなか忙しいようだ。

「あの、夏季休暇の時期ならばわたしも行きたいです。お世話になった方々が、あれからどうなったのかも気になりますから」

そう言うと、サルジュもすぐに承諾してくれた。

「わかった。それなら兄上に話しておこう」

来年までの予定が、どんどん埋まっていく。

これだけ忙しく過ごしていれば、一年など、あっという間に過ぎてしまうに違いない。

来年になって正式に王子妃となれば、ますます忙しくなるだろう。

マリーエやソフィアは義姉となり、アレクシス、エスト、ユリウスは義兄となる。

従弟のソルがミィーナと結婚すれば、ミィーナとカイド。そしてカイドと結婚するリリアーネとも親戚関係になれる。

そして、クロエともいずれ義姉妹になれるだろう。

マリーエの提案で、それぞれ結婚しても定期的にお泊まり会をしようと話している。きっとソフィアも、仲間に加わってくれるに違いない。

アメリアは隣にいるサルジュを見上げた。

彼がひそかに、新しい魔導具を開発していることを知っていた。

それはアメリアが片時も離さずに身に着けている指輪型の魔導具と同じ形で、さらに色々と改良が加えられているようだ。

来年の結婚式のために、サルジュが前々から準備しているものだ。

おそらく結婚指輪として贈られるのだろう。

図案では、サルジュの髪色である金細工の指輪に、彼の瞳の色である緑と、アメリアの瞳の色の青の宝石が並んでいるデザインだった。

以前、図書室で眠ってしまったサルジュを見つけたとき、資料を片付けようとして、偶然見てしまったのだ。

それを見たときはあまりにも嬉しくて、思わず涙を浮かべてしまったほどだ。

サルジュは、こんなにも大切に思ってくれているのだ。

（結婚指輪の魔導具を贈ってくださるなんて……）

彼がニイダ王国に行く目的のひとつに、この魔導具にふさわしい宝石を探すというものがあると知っている。

だからアメリアを伴わずに行くのだろう。

ただの調査なら、たとえ学園があってもサルジュはアメリアを連れて行ってくれる。あとから予定だけを聞かせるようなことはしないだろう。

もちろん鉱物や宝石の調査もあるだろうが、アメリアのために行くからこそ、話してくれなかったのだ。

それがわかったから、アメリアも行きたいと口にしなかった。

（わたしもサルジュ様がいない間に、準備しなくてはならないことがあるし……）

結婚指輪のことを知ってから、アメリアもサルジュに何か贈りたくて、ユリウスに相談して腕輪型の魔道具を準備している途中だった。

サルジュのように複雑な魔法を付与することはできないが、それには彼を守ってくれるようにと、アメリアの治癒魔法が込められている。

彼が留守の間に、その制作を進めておきたい。

アメリアの話を聞いたユリウスもマリーエに贈りたいと言っていたから、ふたりで制作する予定だ。

ユリウスもアメリアも水魔法を使うので、作り方を教えることができる。

魔導具の仕組みについては、サルジュの資料を読んだり、彼が作る様子を間近で見たりして覚えている。

簡単な治癒魔法を付与した魔導具なら、きっと問題なく作れるだろう。


それから数日後に、サルジュはアレクシス、カイドとともにニイダ王国に向かった。

アメリアは無事の帰国を祈りながら、王城内にある図書室でユリウスとともに腕輪型の魔導具の制作に入る。

ここは王族の居住区にある図書室ではなく、王城に勤める司書がいる、普通の図書室の方だ。

その理由は。

「宝石に込めるのは簡単な治癒魔法ですから、好きな宝石を選んでもいいいと思います」

そう説明するアメリアの前にいるのは、ユリウスだけではない。

王太子妃のソフィア。

さらにジャナキ王国の王女で、エストの婚約者であり、この国に留学しているクロエ王女がいた。

全員水属性の魔導師であり、それぞれの伴侶と婚約者に、治癒魔法を付与した魔導具型の腕輪を贈りたいと思っている。

だからクロエも入れるこちらの図書館で、アメリアが魔道具の作り方を教えているところだ。

皆、愛情深くて優しい人たちだ。

アメリアは、真剣な顔をしている三人を見て、柔らかく微笑んだ。

「好きな宝石……」

ソフィアは目の前に並んだサンプルの宝石を見つめ、アレクシスの瞳の色であるサファイアを手に取った。

「これかしら？」

「マリーエに贈るなら、やはりこれだろう」

そう言ってユリウスが手に取ったのは、マリーエの瞳のような美しい紫水晶だ。

「エスト様なら、やはり黒だと思います」

クロエが選んだのは、エストの髪色と同じオニキスだった。

「わたしはこれです」

アメリアはもちろん、彼の瞳の色であるエメラルドだ。

「では、それに治癒魔法を付与します。少し難しいですが、魔力を込めすぎなければ壊れることはないと……」

「あ」

「む」

「ああ……」

そう言った途端、三人とも宝石を壊してしまい、アメリアは困ったように笑う。

「宝石は魔力を込めすぎると、すぐに壊れてしまいます。治癒魔法ですから、そんなに込めなくても大丈夫ですから」

三人は真剣な顔をして頷いた。

けれど、この加減がとても難しいのだ。

何度か挑戦して、ようやく全員が治癒魔法を付与した宝石を用意することができた。

(少し多めに用意しておいて、よかった)

そう胸を撫《な》でおろす。

壊れてしまった宝石は、あとでサルジュに再生してもらえばいいだろう。

(でも数が多いから、少しずつ出さないと)

そっと箱にしまいながら、そう考える。

あまりにも大量に壊れた宝石を差し出したら、何の実験をしていたのか聞かれるに違いない。

少し時間がかかったが、これで魔導具の核となる宝石はできた。

あとは、アメリアがあらかじめ希望を聞いて用意しておいた腕輪に、その宝石を嵌《は》めこむだけだ。

「ソフィア様にはこれです。そして、ユリウス様にはこれを。クロエ様には、この腕輪を用意しました」

ソフィアがアレクシスのために用意したのは、やや大きめの腕輪で、彼によく似合いそうなものだ。

ユリウスはマリーエに、上品で美しいものを。

そしてクロエはエストのために、あまり負担にならないようにと、細くて軽いものを選んでいた。

それぞれ美しい細工が施された腕輪に、アメリアが核となる宝石が馴染《なじ》むように加工した品だった。

「あとは宝石を、この場所に嵌めこむだけです。ただ魔導具の核ですので、少し魔力を流す必要があります。ですが、あまり魔力が強すぎると壊れてしまいますので、気を付けてください」

アメリアの説明を聞き、全員が真剣な顔をして、婚約者や伴侶のための魔導具作りに取りかかる。

もともと魔力が少ないクロエは苦労していた様子だったが、エストのために、ひとりで頑張りたいと言って必死になっていた。

アメリアも心配しながらも、微笑ましくその様子を見守る。

さすがにユリウスはすぐに完成させていた。

ソフィアとクロエは何度か失敗して宝石が壊れてしまっていたが、また宝石に治癒魔法を付与するところからやり直して、頑張っている。

こうして一日かけて、ようやく全員分の腕輪が完成した。

自分自身で作った魔導具を手にして、とても満足そうだった。

「アメリア、ありがとう。この治癒魔法が付与されている魔導具をアレクシスに渡せば、少しは安心できそうだわ」

外国を飛び回っているアレクシスのことを心配していたソフィアは、そう言って嬉しそうに笑った。

「マリーエも、結婚前の時期が一番危ないからね。もちろんできるだけ傍にいて守るつもりだが、この腕輪があれば公務で離れていても安心できる」

マリーエとの結婚式の準備に追われているユリウスは、愛《いとお》しそうに腕輪を撫でながらそう言った。

「これで、エスト様の体調が少しでもよくなればいいのですが」

クロエは真剣な顔をしていた。

あまり体が丈夫ではない婚約者のエストのことを、クロエはとても心配しているようだ。

「大丈夫ですよ。きっとクロエ様の魔法がこの魔導具を通して、エスト様を守ってくれますから」

そう答えると、クロエはようやく嬉しそうに笑った。

エストとも良い関係を築いているようで、この国に留学してよかったと口にしてくれることが多く、アメリアとしても嬉しかった。

（わたしの魔導具も、ようやく完成したわ）

アメリアは、自分が作った魔導具に視線を落とす。

金色の細い腕輪に、サルジュの瞳であるエメラルドを核として使用しているが、他の三人の腕輪とは少し違って、オニキスとサファイアも埋め込んである。

アメリアの髪と瞳の色だ。

この想いがサルジュを守ってくれるようにと、願いを込めて作った魔石だった。

三つの宝石を核とするのはとても難しくて、今までひそかに試供品を作っては失敗してきた。

でも、サルジュがいない間に完成させることができてよかったと、胸を撫でおろす。

きっと彼も今頃、アメリアのための宝石を探してくれているのだろう。

（やっぱり、来年が待ち遠しい……）

あと一年だとわかっていても、もうすぐ結婚するユリウスとマリーエのことを羨ましく思ってしまう。

サルジュとの結婚式が、正式に彼の妻となる日が待ち遠しい。

それは、リースのときにはまったく感じたことがなかった気持ちであり、今のアメリアがどれだけしあわせなのかという証しでもあった。

ふとアメリアは、帰省したときに母親とふたりきりで話したことを思い出す。

「色々とあって、どうなってしまうのかと随分心配したけれど、アメリアがしあわせそうでよかったわ」

母はそう言って、安心したような顔で笑っていた。

両親にも、色々と苦労をかけてしまったと思う。

ただの田舎の地方貴族だったのに、娘が急に王族と婚約してしまい、立場が大きく変わってしまって、大変だっただろう。

さらにサルジュの研究に協力したことあって、結果を求められることも多くなった。

いつも以上に農地に気を配り、父も従弟のソルを手伝って、慣れないデータ作りに奮闘していたらしいとも聞いた。

もっとも父に関しては、今までのこともあって、少しくらい苦労してもいいのではないかと考えてしまう。

父が土魔法に固執したせいで、アメリアは苦労することになったのだから。

でも母は、いつもアメリアの味方でいてくれた。

何かあったらすぐに相談しなさいと、いつも優しい言葉をかけてくれた。

そんな母に心配をかけてしまったことを申し訳なく思う。

けれど母は、アメリアがしあわせなら安心だと、笑って祝福してくれる。

サルジュが王子だからではなく、優れた土魔法の遣い手で植物学の研究者だからでもなく、アメリアを大切に思い、深く愛してくれているからだ。

最初から母が、アメリアの結婚相手に求めているのはそれだけだった。

（お母様。わたしはサルジュ様と出会って、彼を愛して、とてもしあわせです）

遠く離れた母に、そう語りかける。

レニア領を継げなかったことは申し訳ないと思っているが、研究熱心な従弟のソルと、カイドの妹であるミィーナに任せておけば安心だった。

ミィーナは、土魔法の遣い手でもある。

あのふたりなら、レニア領をもっと発展させてくれるだろう。

窓の外を見れば、美しい花が咲いている。

春の訪れを告げる花だ。

一度目の春。

アメリアはひとりきりで、孤立していた。

でも二度目の春は、大切な人たちと穏やかな気持ちで迎えることができた。

そして、三度目の春である。

これから何度春が巡ってこようとも、きっとこの大切な人たちとしあわせな時間を過ごしているに違いない。

アメリアはそう信じていた。

あとがき

こんにちは。櫻井《さくらい》みことです。

この度は、「婚約者《こんやくしゃ》が浮気相手《うわきあいて》と駆《か》け落《お》ちしました。王子殿下《おうじでんか》に溺愛《できあい》されて幸《しあわ》せなので、今《いま》さら戻《もど》りたいと言《い》われても困《こま》ります」の二巻をお手に取っていただき、ありがとうございました。

まさかの二巻です！

この作品はネット上で連載していたものですが、連載を始めた当初は、まさか書籍化していただくなんて思わず、お話も一巻の内容で完結の予定でした。

それなのにこうして書籍化していただき、さらに続刊まで出していただけるなんて、思ってもみないことでした。

これもすべて、ネット上で連載を追ってくださった皆様。そして、書籍版を手に取ってくださった皆様のお陰です。

改めてお礼を言わせていただきます。

本当にありがとうございました！

そして一巻を発売していただいた際に、何とＰＶまで作っていただきました。

挿絵を手掛けてくださった黒裄《くろゆき》先生の素晴らしいイラストに合わせて、アメリア役を石見舞菜香《いわみまなか》様、サルジュ役を島﨑信長《しまざきのぶなが》様に演じていただくことができました。

本当に美しく素晴らしいものを作っていただいたので、まだ見たことがないという方がいらっしゃいましたら、ぜひご覧になってください。

ドリコム公式サイトの作品紹介、または、ＹｏｕＴｕｂｅのドリコムメディアチャンネルにて公開されております。

また、現在発売されている作品はすべてＰＶがありますので、他の作品のものもどうぞご覧になってください。私もすべて拝見させていただきました。それぞれ作品の雰囲気に合わせてあって、とても素晴らしいです！

そして一巻では、ＰＶでアメリアとサルジュを演じてくださったおふたりによる、「挿しボイス」という特典も作っていただいておりました。もし聞ける手段、環境があってもまだ聞いていないという方がいらっしゃいましたら、ぜひ聞いてみてください。

一巻のときには書けなかったことを二巻のあとがきに書いてしまいましたが、せっかくですので二巻のお話もさせていただきます。

今回はビーダイド王国を出て、アメリアがサルジュの婚約者として外交に向かうお話でした。

最初はサルジュの助手でしかなかったアメリアが、自分も研究員として成長する姿や、いずれ王族の一員になる者として、公務に赴く姿でした。

さらに一巻で黒幕のように出てきた山脈の向こう側の国、ベルツ帝国のことや、存在だけ出てきた第二王子エストの婚約者である他国の王女のことも書けてよかったです。

そして書籍版の書き下ろしは、その後日談になります。

一巻で退学になった元婚約者たちや、今回の黒幕だったアロイスのその後の話でした。

アロイスの従妹の存在は最初から考えてあったのですが、本編に登場させることはできなかったので、最後に書き下ろし番外編で登場させることができてよかったです。彼女もまた波乱万丈な人生を送ってきた女性ですが、いつか外伝などでその人生も書いてみたいですね。

今作は登場人物がとても多かったですが、お気に入りはマリーエでした。

アメリアは彼女たちよりも一個年下なので、もしセイラが目を付けたのがリースではなくユリウスだったら、彼女が悪役令嬢のようになってしまったかもしれません。(いや、でもユリウスはセイラになどには引っかからないし、悪事を再現魔法で暴かれて終わりですね……)

そんなマリーエとユリウスの結婚式の話や、エストとクロエ。アレクシスとソフィアの子どもの話。もちろん、アメリアとサルジュのその後の話など、まだまだ書きたい話はたくさんあるので、外伝などで書いていけたらと思います。

最後になりましたが、前回に引き続き素晴らしい表紙、挿絵を描いてくださった黒裄先生。アメリアを可愛らしく、サルジュをかっこよく綺麗《きれい》に描いてくださって、ありがとうございました。ラフをいただく度に、あまりの美しさに悶絶《もんぜつ》しました。

一巻に引き続きお世話になりました、担当編集者様。

二巻がこうして綺麗にまとまることができたのも、色々とご指導していただいたお陰です。ありがとうございました。

そして、一巻に引き続き二巻を手に取ってくださった皆様。

皆様のお陰で、こうして続刊を出すことができました。
またどこかでお会いできるように、祈っております。

DRE NOVELS

婚約者が浮気相手と駆け落ちしました。王子殿下に溺愛されて幸せなので、今さら戻りたいと言われても困ります。2

2023年2月10日　初版第一刷発行

著者　櫻井みこと

発行者　宮崎誠司

発行所　株式会社ドリコム
〒141-6019　東京都品川区大崎2-1-1
TEL　050-3101-9968

発売元　株式会社星雲社（共同出版社・流通責任出版社）
〒112-0005　東京都文京区水道1-3-30
TEL　03-3868-3275

担当編集　藤原大樹

装丁　AFTERGLOW

印刷所　図書印刷株式会社

Printed in Japan
ISBN978-4-434-31577-0

ファンレター、作品のご感想をお待ちしております。
右のQRコードから専用フォームにアクセスし、作品と宛先を入力の上、
コメントをお寄せ下さい。
※アクセスの際に発生する通信費等はご負担ください。

99回断罪されたループ令嬢ですが今世は「超絶愛されモード」ですって!? 2
～真の力に目覚めて始まる100回目の人生～

裕時悠示
［イラスト］ひだかなみ

「あれ？　婚約はなかったことになったはずですけれど？」

　皇子たちをなんとか撒いて一年間の船旅を満喫したアルフィーナは、こっそりと帝国に戻り、森での自由な暮らしを再開することにした。だが弟のカルルは跡継ぎとなるため学院に通わざるを得なくなり、引き離されてしまう。カルルが心配なアルフィーナは正体をかくし「臨時教師」として学院に潜入するが、とうとうライオネット皇子に見つかってしまい!?　いや殿下の心の声、あいかわらず愛で溢れてて調子が狂っちゃうので、もうちょっと自重してくださいね？